Stephanie Werner
Tod im Hexenweiher

AF201225

Stephanie Werner
Jahrgang 1973, tätig im Bereich Finanzbuchhaltung. Schreibt Kurzkrimis, Reiseberichte, heitere Kurzgeschichten.
Bücher:
„Zerbrochenes Eis", „Eiskalte Seele" und „Boot 4" (Kriminalromane)
„Gletscher, Eis und wilde Tiere" (Reiseerzählungen)
„Frohe Weihnachten" und „Frohe Weihnachten 2" (Weihnachtsgeschichten)
Beiträge in Anthologien

Stephanie Werner

Tod im

Hexenweiher

Kriminalroman

Bibliografische Information der Deutschen Bibliothek
Die Deutsche Bibliothek verzeichnet diese Publikation in der
Deutschen Nationalbibliografie;
detaillierte bibliografische Daten sind im Internet über
http://dnb.ddb.de abrufbar.

Titelfoto: Stephanie Werner
Gesamtgestaltung, Layout: !zeichen.seTzung -
                                     Uta Lösken, Reichshof
                                     Stephanie Werner, Wiehl
Herstellung und Verlag: BoD – Books on Demand,
                                     Norderstedt

ISBN 9-783751-935289

Kapitel 1

An einem sonnigen Maitag schlendert Hannah durch einen Nümbrechter Supermarkt, um einige Kleinigkeiten für das bevorstehende Wochenende einzukaufen. Sie legt ein Glas Himbeermarmelade in ihren Korb und geht weiter zum Regal mit den Nudeln. Dort betrachtet sie die verschiedenen Sorten und entscheidet sich schließlich für Spaghetti. Dann reiht sie sich in der Warteschlange an der Kasse ein. Als sie endlich ihre Einkäufe auf das Band legen kann, wirft sie einen Blick zurück und lässt erschrocken die Marmelade zu Boden fallen. Mit lautem Klirren zerbricht das Glas auf den schwarzweiß gemusterten Fliesen. Die rote Masse spritzt auf ihre Hosenbeine und die blauen Sportschuhe.

Wie gelähmt bleibt sie stehen und starrt die Person am Ende der Warteschlange an. Hannah ringt nach Luft. *Das kann nicht sein! Das ist unmöglich!* Sie schüttelt energisch den Kopf. Doch die Person hält Hannahs Blick stand. Sie lächelt nicht, ihr Gesichtsausdruck zeigt keinerlei Gefühlsregung. Und dennoch strahlt sie Kälte und Feindseligkeit aus.

Mit zitternden Händen fährt sich Hannah durch ihre langen, blonden Haare. Ein eiskalter Schauer läuft ihr den Rücken hinunter. Sie spürt, dass diese Begegnung Unglück über sie und ihre Freunde bringen wird.

„Einen Augenblick bitte, ich hole ein Kehrblech", sagt die freundliche Kassiererin.

Hannah zuckt zusammen. Erst jetzt blickt sie zu Boden und

sieht die Spuren ihres Missgeschicks. Die Himbeermarmelade hat eine große Lache gebildet, ihre weiße Hose zieren rote Kleckse. Die Scherben verteilen sich im gesamten Kassenbereich. Glücklicherweise hatte die hinter ihr wartende ältere Frau genügend Abstand gehalten, so dass sie nichts von der Marmelade abbekommen hat.

Als Hannah wieder aufschaut, ist die Person verschwunden. Hektisch blickt sie in die Gänge zwischen den Regalen, zu den anderen Kassen, hinüber zum Ausgang. Nirgends eine Spur von ihr. Wohin ist sie so schnell verschwunden? Oder hat sich Hannah deren Anwesenheit nur eingebildet?

„Ist alles in Ordnung mit Ihnen? Möchten Sie sich einen Augenblick setzen? Sie sind ganz blass um die Nase", fragt die ältere Frau besorgt, die geduldig – wie alle anderen Kunden auch – in der Schlange hinter ihr wartet.

Hannah erschrickt. Sie hat die Wartenden hinter sich völlig ignoriert und bemerkt erst jetzt deren neugierige Blicke. „Es ist alles in Ordnung, danke", entgegnet sie mit hochrotem Kopf und ringt sich ein Lächeln ab. „Entschuldigen Sie bitte die Verzögerung. Das war sehr ungeschickt von mir."

Hannah tritt von einem Fuß auf den anderen, schaut sich immer wieder um. Doch die Person scheint tatsächlich unbemerkt das Geschäft verlassen zu haben.

„Es tut mir sehr leid", stammelt Hannah, als die Kassiererin mit Besen, Kehrblech und Putzeimer aus einem Nebenraum zurückkehrt und Scherben und Marmeladenreste beseitigt. „Ich bezahle das Glas selbstverständlich."

„Das brauchen Sie nicht. Sowas kann jedem passieren. Ich hoffe, Sie haben sich Ihre Hose nicht ruiniert. Das sind ganz hartnäckige Flecken."

Hannah hat es plötzlich eilig. „Die bekomme ich mit einem guten Fleckenspray bestimmt wieder raus. Vielen Dank für Ihre Hilfe." Mit zitternden Händen sucht sie im Portmonee nach einem Fünf-Euro-Schein, zieht dabei direkt mehrere hinaus und schiebt die nicht benötigten wieder ins Geldfach zurück. „Ich lege Ihnen fünf Euro für die Nudeln hierhin. Der Rest ist für die Kaffeekasse."

Und schon ist sie aus dem Geschäft. Im Laufschritt überquert sie den Parkplatz, schaut dabei immer wieder nach rechts und links. Doch die Person bleibt verschwunden.

„Guten Morgen Hannah. Wie geht es dir?"

Hannah verdreht die Augen, als sie die Stimme einer Nachbarin hinter sich vernimmt. Im Augenblick könnte sie es nicht ertragen, einen minutenlangen Redeschwall über sich ergehen zu lassen. Deshalb geht sie weiter, als hätte sie Frau Fuchs nicht gehört.

Auf dem Weg von der Ortsmitte zu ihrer Wohnung im oberen Teil des Lindchenwegs blickt sie sich weiterhin nach allen Seiten um. Sie schaut in die Gärten der Häuser, lässt ihren Blick über die große Parkfläche gleiten. Obwohl ihr nichts Verdächtiges auffällt, fühlt sie sich verfolgt. Sie ist sicher, dass sie sich die Begegnung im Supermarkt nicht eingebildet hat. Ihre Krankheit ist eine Sache, aber halluziniert und Personen gesehen, die nicht da waren, hat sie bisher noch nicht. Sie muss so schnell wie möglich ihre Wohnung erreichen, dort fühlt sie sich sicher. Und sie muss sofort Kontakt zu ihren früheren Schulfreunden aufnehmen, muss sie warnen, denn sie alle sind in Gefahr. Unwillkürlich geht Hannah schneller und schneller. Sie keucht, schnappt nach Luft. Ihre Beine schmerzen und sind schwer wie Blei, denn sie konnte in den letzten

Jahren keinen Sport machen. Ihr Gemütszustand und ihre körperliche Verfassung ließen das nicht zu.

Endlich sieht sie ihr Haus. „Gott sei Dank", bringt sie atemlos hervor. Das Adrenalin in ihrem Körper gibt ihr die Kraft noch einmal zu beschleunigen.

Plötzlich schießt ihr ein anderer Gedanke durch den Kopf. Abrupt bleibt sie stehen. Wartet die Person vielleicht vor dem Haus, oder, schlimmer noch, in der Wohnung auf sie? Nach kurzem Innehalten geht Hannah langsam, Schritt für Schritt weiter, sucht mit weit aufgerissenen Augen die Umgebung ab. Als sie schließlich den Eingang ihrer kleinen Parterrewohnung erreicht, wirft sie zuerst einen Blick in den Garten, dann noch einmal zurück auf den Gehsteig. Niemand ist zu sehen. Nur Frau Maier sitzt wie immer hinter ihrem Wohnzimmerfenster in der dritten Etage und schaut hinaus.

Hannah öffnet die Haustür, huscht durch den Flur und steckt mit zitternden Händen den Schlüssel ins Schloss ihrer Wohnungstür im Erdgeschoss. Vorsichtig schiebt sie diese ein Stück auf, zwängt sich durch den schmalen Spalt hindurch und schließt die Tür sofort wieder ab. Zusätzlich sichert sie sie mit einer Kette. Dann lehnt sich Hannah mit dem Rücken gegen die Wand und atmet tief durch. Ihr Puls rast, ihr Brustkorb hebt sich heftig auf und ab. *Endlich in Sicherheit!* Ihr ganzer Körper bebt. Vor ihrem geistigen Auge spielt sich immer wieder die Szene im Supermarkt ab. Der eiskalte Blick der Person hat sich in ihr Gedächtnis eingebrannt und lässt sie nicht mehr los. Sie weiß, dass diese Person Rache nehmen will.

Mehrere Minuten verharrt Hannah in dieser Position, bis sie sich etwas beruhigt hat. Dann schaut sie in den Spiegel im Flur: Sie sieht blass aus. Sie wendet sich ab und geht in die winzige Küche, die nur aus einer kleinen Küchenzeile, einem Tisch und drei Stühlen besteht. Sie wirft vom Fenster aus noch einmal einen prüfenden Blick auf die Straße. Niemand zu sehen. Zu ihrer Beruhigung schaut sie auf die Terrasse, in Wohn- und Schlafzimmer und das Bad. Der letzte Raum der Wohnung ist das Gästezimmer, in das sie nur zum Putzen geht. Sie zögert. Schweiß tritt auf ihre Stirn, die Handflächen sind feucht. Ein beklemmendes Gefühl überfällt sie. In diesem Zimmer befinden sich Unterlagen aus ihrer Vergangenheit. Unterlagen, die sie nie wieder ansehen wollte. Dennoch öffnet sie die Tür des kleinen Raumes, in dem sich nur ein Bett, drei Regale und ein Schrank befinden. Aber auch hier ist alles in Ordnung. Beim Hinausgehen fällt ihr Blick auf eine schwarze Kladde in einem der Regale. Hannah nimmt sie aus dem Fach heraus und geht zurück in das durch bodentiefe Fenster licht-durchflutete Wohnzimmer. Dort setzt sie sich an den Esstisch und legt mit zitternden Händen die Mappe vor sich hin. Minutenlang starrt sie wie hypnotisiert auf den edlen Ledereinband. Eine dicke Staubschicht hat sich auf ihm gebildet. Kein Wunder, denn die Kladde lag mehrere Jahre unberührt an ihrem Platz. Wenn sie den Raum geputzt hat, hat sie dieses Regalfach immer ausgelassen. Hannah rutscht auf ihrem Stuhl hin und her. Ihr Brustkorb zieht sich krampfartig zusammen, als würde er von einer Eisenkralle umschlungen, die sich immer weiter schließt.

Soll sie die Mappe wieder zurück an ihren Platz legen? Oder soll sie sie öffnen, die Dämonen der Vergangenheit loslassen und riskieren, dass sie erneut Besitz von ihr ergreifen?

Kapitel 2

Eine großgewachsene Gestalt tritt hinter dichten Sträuchern auf der gegenüberliegenden Straßenseite von Hannahs Haus hervor. Von dort aus hat sie diese durch die Terrassentür seit dem Eintreffen in ihrer Wohnung beobachtet.

Sie lächelt, denn sie ist zufrieden mit dem, was sie gerade gesehen hat. Die Inszenierung im Supermarkt zeigt Wirkung. Das blanke Entsetzen in Hannahs Augen, ihre daraus resultierende Bewegungsunfähigkeit und die anschließende Aufgeregtheit sind eine Genugtuung für sie.

Die Person spürt Hannahs Unsicherheit, ihre Angst. Als sie vom Geschäft nach Hause ging, brachte sie diese mit jeder Faser ihres Körpers zum Ausdruck. Welch eine Genugtuung! So hat sie es sich erhofft. Sie will Hannah leiden sehen. Genauso wie sie selbst seit vielen Jahren leidet. Und daran trägt Hannah eine Mitschuld.

Die Gestalt verlässt ihren Platz und lächelt vor sich hin, als sie den Lindchenweg langsam entlang der Ein- und Mehrfamilienhäuser mit den blühenden Vorgärten Richtung Reha-Klinik hinauf geht. Es ist das erste Mal seit vielen Jahren, dass sie lächelt und sich über etwas freut. Sie kennt Hannah seit langem und weiß, wie labil diese ist. Und sie stellt sich vor, welche Folgereaktionen die Situation im Supermarkt auslösen wird.

Es wird nicht lange dauern, dann kontaktiert Hannah ihre früheren Schulfreunde und informiert sie über die Begegnung.

Alle werden versuchen ihr klar zu machen, dass sie sich das nur eingebildet hat. Niemand wird ihr glauben. Hannah jedoch lässt nicht locker und bringt die Freunde zur Verzweiflung. Das Ganze endet in einem Streit zwischen den Mitgliedern der ehemaligen Clique. Genau das ist der Plan.

Kapitel 3

Einen Tag zuvor

Bei Einbruch der Dämmerung fährt Andreas die Schloßstraße von Nümbrecht Richtung Bierenbachtal hinunter. Er fährt schnell, viel zu schnell. In der Rechtskurve auf Höhe Schloss Homburg schießt der Wagen auf die Gegenfahrbahn. Hektisch reißt er das Steuer nach rechts, sein schwerer Geländewagen stellt sich quer. Nur mit Mühe gelingt es ihm, das Auto wieder unter Kontrolle und zurück auf die richtige Fahrspur zu bringen. Ausgangs der Kurve tritt er das Gaspedal erneut durch. Am Ende der Geraden steigt er heftig auf die Bremse. Die Reifen blockieren und quietschen. Rauch steigt an beiden Seiten des Autos auf. Dann biegt er nach rechts in den Weg nach Spreitgen ein und gibt wieder Gas.

Die Strecke führt zunächst durch ein Waldstück. Niemand begegnet ihm um diese Uhrzeit. Als die schmale Straße am Ende des Wäldchens eine Biegung nach rechts macht, stoppt er den Wagen und stellt ihn am linken Fahrbahnrand ab. Von hier aus führt ein Schotterweg zu den beiden nebeneinander liegenden Hexenweihern. Dort sollen früher sogenannte „Hexenproben" stattgefunden haben. Diese führte man durch, wenn eine Frau der Hexerei bezichtigt wurde. Das konnte aus banalen Gründen geschehen, zum Beispiel wenn eine Kuh in der Nachbarschaft keine Milch mehr gab. Die Angeklagte wurde an Händen und Füßen gefesselt und ins Wasser geworfen. Ertrank sie, war dies der Beweis für ihre Unschuld. Schwamm sie, galt sie als Hexe überführt und endete auf dem Scheiterhaufen.

Andreas steigt aus und schaut sich um. Er sieht weder Spaziergänger, noch Radfahrer oder Autos. Das ist gut. Dann holt er einen zerknitterten Zettel aus seiner Jackentasche hervor und faltet ihn auseinander.

<Ich weiß, was ihr damals getan habt. Komm bei Einbruch der Dämmerung zum Hexenweiher, sonst werde ich der Polizei einen Hinweis geben. Zu niemandem ein Wort, oder deine Freundin wird dafür büßen.>

Die mit krakeliger Handschrift verfasste Nachricht lag am Morgen im Flur hinter der Wohnungstür. Irgendwann in der Nacht musste sie jemand unter der Tür hindurch geschoben haben. Den ganzen Tag über konnte er keinen klaren Gedanken fassen. Das ging sogar so weit, dass er sich auf der Arbeit mehrmals dabei ertappte, Fehler gemacht zu haben.

Wer ist die Person, die angeblich über die Nacht zum 1. Mai 2009 Bescheid weiß? Was will sie von ihm? Warum war sie nicht direkt zur Polizei gegangen?

Ein Fahrzeug nähert sich aus Richtung Spreitgen. Er hält die Luft an. Hoffentlich ist es kein Spaziergänger, der auch hier parken und zu den Hexenweihern gehen will. Oder ist es der Verfasser der Nachricht? Kurz darauf taucht ein roter Sportwagen unterhalb von Spreitgen auf.

„Verdammt", schimpft Andreas. Er kennt das Auto.

Der Fahrer verringert die Geschwindigkeit und hält neben Andreas an. Dann lässt er das Fenster auf der Beifahrerseite herunter.

„Hallo Andreas. Was machst du denn um diese Uhrzeit hier?",
fragt sein Arbeitskollege Anton.

„Ich will eine Runde spazieren gehen. Ich brauche noch etwas
frische Luft." Als er diese Worte ausgesprochen hat, würde er
sich am liebsten ohrfeigen. Was ist, wenn Anton ihn begleiten
will? *Fahr weiter! Bitte fahr weiter!*

„Na dann wünsche ich dir viel Spaß. Ich muss meine Frau in
Ründeroth vom Bahnhof abholen. Die war heute in Köln einkaufen!"

„Wir sehen uns morgen." Andreas atmet auf und schaut dem
sich entfernenden Sportwagen hinterher.

Er legt den Zettel ins Handschuhfach, nimmt sein Taschen-
messer heraus und steckt es in die Jackentasche. Für alle Fälle.
Mit schnellen Schritten geht er in Richtung der beiden Weiher.
Seit fast zehn Jahren ist er diesen Weg nicht mehr gegangen.
Dabei hat er sich als Jugendlicher oft mit seinen Schulfreunden hier getroffen. Sie haben gefeiert, das ein oder andere Bier
getrunken, Musik gehört und gegrillt. Es war eine tolle, unbe-
schwerte Zeit. Sie wurden langsam erwachsen, planten ihre
Zukunft und hatten Träume. Es schien keine Grenzen für sie
zu geben, die Welt stand ihnen offen. Aber dann kam der 1.
Mai 2009 und mit ihm das Ende der Freundschaften.

Wie oft hat er sich gewünscht, die Zeit zurückdrehen zu können und alles ungeschehen zu machen. Er hätte sich nach dem
Vorfall anders verhalten müssen. Auf Ben zu hören und zu
tun, was der von ihnen verlangte, war der größte Fehler seines
Lebens. Er hätte sich mehr gegen dieses aufgeblasene Arschloch auflehnen sollen. Dann hätten sie alle nicht die ganzen
Jahre mit einer unfassbaren Lüge gelebt. Doch damals konnten sie sich gegen das Alpha-Tier Ben nicht durchsetzen. Sie

standen unter Schock. Ben hingegen fasste als erster einen klaren Gedanken und schmiedete den teuflischen Plan. Trotzdem hat Andreas seinen Wunsch Lehrer zu werden verwirklicht und den Vorfall erfolgreich verdrängt. Und jetzt holt sie die alte Geschichte ein. Sollte er die anderen verständigen? Sie warnen? Nach kurzer Überlegung entscheidet er, sie nicht zu beunruhigen. Er will erst einmal abwarten und herausfinden, was die Person tatsächlich von ihm will.

Nach ein paar Minuten Fußmarsch erreicht Andreas den größeren der beiden Hexenweiher. Er liegt friedlich in der Abenddämmerung eingerahmt von einzelnen Bäumen an der einen und dichtem Wald an den anderen Seiten. Die Oberfläche ist spiegelglatt, am Ufer dösen zwei Enten im Gras. In den Bäumen zwitschern Vögel und fliegen emsig hin und her. Eigentlich ein idyllischer Ort, an dem man Ruhe und Entspannung findet. Trotzdem läuft ihm bei diesem Anblick ein eiskalter Schauer über den Rücken. Wenn seine Freundin sonntags einen Spaziergang unternehmen wollte, hat er stets nach einer Ausrede gesucht, um nicht hier entlang gehen zu müssen. Einmal war sie deswegen ziemlich sauer gewesen und warf ihm vor, immer seinen Kopf durchsetzen zu wollen.
Andreas schaut sich um. Wo wird die Person auf ihn warten? Vermutlich nicht auf dem Abschnitt, wo jederzeit Spaziergänger vorbeikommen könnten. Deshalb geht er ein Stück weiter und biegt nach links in den schmalen Pfad ein, der zwischen den beiden Weihern hindurch in den Wald führt. Weder der große, noch der kleine Teich ist von der Straße nach Spreitgen und dem Ort selber einsehbar. Lediglich von den Wanderwegen in der Umgebung. Doch auf diesen ist weit und breit kein

Mensch zu sehen.

Neben dem Vogelgezwitscher ist nur das Rauschen des Windes in den Baumkronen zu hören. Andreas Herz schlägt schneller, sein Mund ist trocken. Er blickt auf seine Armbanduhr. Dabei war keine Uhrzeit vereinbart. Nervös schaut er nach rechts und links. Er fühlt sich beobachtet, spürt Blicke auf sich gerichtet. Er kann es nicht ertragen, dass er nicht weiß, wer die Person ist und wo sie sich versteckt. Seine schweißnassen Hände wischt er an der Jeans ab, dann fährt er sich mit dem Unterarm über die Stirn.

Plötzlich ein Rascheln. Dicht hinter ihm. Reflexartig dreht er sich um, sucht mit zusammengekniffenen Augen die Umgebung ab. Nichts. Vielleicht ist ein Vogel aufgeflogen oder eine Maus durch das Unterholz gelaufen. Andreas tritt von einem Fuß auf den anderen, denkt unwillkürlich an seine Freundin Katrin. In all den Jahren des Zusammenlebens hat er ihr nie von damals erzählt. Er darf sie keinesfalls in Gefahr bringen. Deswegen ist er hier. Aufmerksam behält er die Ufer der beiden Weiher im Auge, registriert jede Bewegung der Zweige, jeden Vogel in den Bäumen.

Dann das Knacken eines Astes, der unter Druck zerbricht. Laut und sehr nah. Ruckartig schnellt sein Kopf herum. Ihm stockt der Atem, als er die großgewachsene, schlanke Gestalt ungefähr zehn Meter entfernt erblickt. Wo war sie so plötzlich hergekommen? Sie ist dunkel gekleidet und trägt eine schwarze Sturmhaube. Andreas hat keine Vermutung, um wen es sich handeln könnte.

Sie nähert sich bis auf zwei Meter. Dann bleibt sie stehen, die rechte Hand hinter dem Rücken verborgen. Sie schaut ihm in die Augen, zeigt ansonsten keinerlei Reaktion. Andreas hört seinen Puls schlagen. Wieder und wieder wischt er seine Handflächen an der Hose ab. Was nun? Soll er weglaufen? Sie ansprechen oder abwarten, was passiert?

„Wer bist du? Was willst du von mir?", fragt er, nachdem sich sein Gegenüber nicht rührt.

Doch die Person reagiert nicht, starrt ihn mit ihren eiskalten blauen Augen nach wie vor an.

Andreas' Brustkorb zieht sich zusammen. Sein Oberkörper verkrampft sich. Der Abendwind weht durch sein verschwitztes T-Shirt. Er fröstelt, steckt die Hände in die Jackentaschen und umklammert mit der Rechten das Messer. Was weiß sie? Was hat sie vor? Ihr Schweigen ist schlimmer als jede Drohung.

„Warum hast du mich herbestellt?" Andreas versucht sein Gegenüber zum Reden zu bringen.

Sie sagt immer noch nichts, doch ihr Blick durchbohrt ihn wie ein Dolch. Das Schweigen wird unerträglich. Seine Knie zittern.

„Wenn du nichts sagst, kann ich ja wieder gehen", provoziert er, um sie aus der Reserve zu locken.

Jetzt reagiert die Gestalt zum ersten Mal. Langsam hebt sie den linken Arm, zieht die Sturmhaube vom Kopf und blickt ihm weiterhin in die Augen. Dabei verzieht sie keine Miene, ihre Lider scheinen nicht einmal zu zucken.

Unwillkürlich tritt Andreas einen Schritt zurück. Obwohl er seine Lippen zu Worten formt und etwas sagen will, bringt er keinen Ton hervor. Er starrt die Person mit wirrem Blick an und schüttelt ungläubig den Kopf. Sekundenlang.

„Du?", stammelt er fassungslos. „Du bist das?" Sein Herz klopft, als würde es zerspringen. „Was willst du von mir?"

„Es ist lange her, aber ich habe nicht vergessen, was ihr getan habt", sagt sie.

„Woher weißt du das?" Andreas weicht die Farbe aus dem Gesicht.

„Das ist egal", entgegnet sie bitter.

Andreas schluckt. Ihm wird abwechselnd heiß und kalt. Sein T-Shirt ist mittlerweile komplett durchnässt. „Warum hast du nicht schon früher etwas gesagt?"

„Ich sinne seit langem auf Rache. Aber jetzt ist erst der richtige Zeitpunkt dafür gekommen."

„Lass uns reden …"

„Ich will nicht reden. Reden hättest du vor vielen Jahren müssen. Du Feigling." Mit verbitterter Miene tritt sie noch näher an ihn heran.

„Ich konnte nicht anders."

„Du hättest die Chance gehabt."

„Wie kommst du überhaupt hierher? Ich denke du bist …?"

„Lenk nicht ab. Du hättest die Wahrheit ans Licht bringen können."

„Irgendwann gab es kein Zurück mehr."

„Das ist nicht wahr. Das ist eine verdammte Ausrede! Aber jetzt, jetzt ist es zu spät. Du hast mein Leben zerstört und dafür wirst du sterben!" Ihre Augen funkeln hasserfüllt.

Blitzschnell macht sein Gegenüber einen Schritt auf ihn zu, holt die rechte Hand hinter dem Rücken hervor und schlägt mit einem dicken Stein zu.

Mit einer blutenden Wunde am Kopf sackt Andreas zu Boden und bleibt regungslos liegen.

Kapitel 4

Mit einem unguten Gefühl in der Magengegend bringt Hannah die schwarze Mappe zurück ins Gästezimmer. Die junge Frau hat es nicht geschafft, diese zu öffnen. Hannah legt sie in den Schrank, weil sie sich mit der Vergangenheit nicht beschäftigen kann. Aber die Begegnung am Morgen war real, die war Gegenwart. Darüber muss sie reden. Aber mit wem? Mit ihrer Familie geht das nicht, mit denjenigen, die ihre Vergangenheit teilen auch nicht. Bis auf eine, denn zu einer hat Hannah den Kontakt gehalten.

Sie denkt an Sarah, die sie seit dem Kindergarten kennt. Die beiden sind zusammen zur Schule gegangen und haben Abitur gemacht. Danach haben sich ihre Wege getrennt, ohne dass der Kontakt komplett abgerissen ist. Sarah lebte einige Jahre in Köln und studierte Betriebswirtschaftslehre. Nach ihrer Rückkehr sehen sie sich wieder regelmäßig. Sarah ist stark, ganz anders als Hannah selbst, hat ihr immer beigestanden. Wenn eine ihr in der jetzigen Situation helfen kann, dann Sarah.

Sie greift zum Telefon, wählt, wartet, hofft, dass die Freundin abnimmt.

„Sarah! Ich habe Miriam gesehen", schreit Hannah aufgeregt in den Hörer.

Stille.

„Das kann nicht sein. Beruhige dich", entgegnet Sarah nach einigen Sekunden streng. Ihre Stimme strahlt Ruhe und

Gelassenheit aus.

„Es war Miriam. Ich bin mir ganz sicher", beschwört Hannah eindringlich.

„Hast du deine Tabletten genommen?"

Stille.

„Hannah, ich habe dich etwas gefragt!", wiederholt die Freundin energisch.

Hannah ist enttäuscht, dass Sarah ihr nicht glaubt. Aber kann man es Sarah verübeln, wenn man ihre Entwicklung in den letzten Jahren mitbekommen hat? Ihren permanenten Kampf gegen die Angstzustände, Alpträume und Depressionen?

„Doch, habe ich. Miriam ist hier in Nümbrecht! Sie stand im Supermarkt an der Kasse ein paar Meter hinter mir und hat mir direkt in die Augen geschaut. Ich habe mich nicht getäuscht. Du musst mir glauben! Sarah bitte!"

„Habt ihr miteinander gesprochen?"

„Nein."

„Hast du gesehen, wohin Miriam nach dem Einkaufen gegangen ist?"

„Nein. Ich habe zwischendurch kurz weggeschaut, weil mir ein Marmeladenglas aus der Hand gefallen war. Und dann war sie plötzlich verschwunden."

„Dreh nicht durch! Nimm eine Beruhigungstablette und leg dich ins Bett", bestimmt Sarah. „Ich spiele gerade eine Runde Golf. Das dauert ungefähr noch bis 14.00 Uhr. Dann komme ich bei dir vorbei und wir reden. In Ordnung?"

„Danke, Sarah. Wenn ich dich nicht hätte, dann …", sagt Hannah leise und atmet erleichtert durch.

„Schon gut Hannah. Ich habe dir versprochen, immer für dich da zu sein."

„Danke. Bis später." Hannah legt auf und weiß, dass sie sich auf Sarah auch nach all den Jahren immer noch verlassen kann. Sie hat Sarah stets dafür bewundert, wie sie es schafft, mit der Vergangenheit umzugehen, ohne einen Therapeuten zu besuchen und ständig mit Medikamenten vollgepumpt zu sein. Sarah ist eine starke Persönlichkeit und lässt sich nicht so leicht unterkriegen. Ganz im Gegensatz zu ihr.

Hannah steigen die Tränen in die Augen. Ihr Leben war komplett anders verlaufen. Sie geht in die Küche und nimmt zwei Beruhigungstabletten mit etwas Wasser. Dann betrachtet sie nachdenklich eine Packung mit Schlaftabletten. Wenn sie zu viel von diesen nehmen würde, wären ihre Probleme auf einen Schlag gelöst. Die ständigen Schuldgefühle, die Angst das Haus zu verlassen und die Panik, dass die Wahrheit eines Tages ans Licht kommt, wären überstanden. Hannah nimmt die Packung in die Hand, starrt minutenlang darauf. Schließlich öffnet sie diese, zieht ein Blister heraus. Doch dann wirft sie alles auf den Küchentisch. Das kann sie ihrer Familie nicht antun. Mama, Papa, ihre Schwester und ihre Großeltern, alle lieben sie, auch wenn sie ihre depressiven Phasen hat. Jeder einzelne von ihnen steht ihr dann zur Seite und ist immer für sie da.

Schließlich geht sie ins Schlafzimmer, legt sich ins Bett und starrt an die Decke mit den vielen eingebauten LED-Leuchten. Während sie darauf wartet, dass die Tabletten wirken, stellt sie sich wieder und wieder eine Frage, die sie schon seit langem umtreibt: Warum musste die Feier so enden?

Kapitel 5

Ein greller Laut dringt tief in Hannahs Unterbewusstsein vor. Sie öffnet die Augen ein Stück, doch ihre Lider sind schwer wie Blei und fallen immer wieder zu. Dann noch einmal dieser Ton, lang und schrill. Es dauert eine Weile bis sie realisiert, dass jemand an der Tür klingelt. Völlig benommen von den Tabletten richtet sie sich auf und versucht sich zu orientieren. Es ist 14.00 Uhr. Sie erinnert sich an ihre Verabredung mit Sarah. Mühsam steigt Hannah aus dem Bett und wankt zur Wohnungstür.

„Ich komme ja schon", ruft Hannah im Flur und greift nach der Türklinke. Erst beim zweiten Versuch erwischt sie diese und öffnet langsam.

Sarah drängt Hannah zurück in die Wohnung, knallt die Tür zu und packt ihre Freundin an den Schultern. „Man hat eine Leiche im Hexenweiher gefunden."

Hannah tritt einen Schritt zurück, presst die Hände vor den Mund und schüttelt den Kopf. „Nein, nein, nein", stammelt sie leise mit weit aufgerissenen Augen.

„Los, zieh dir eine Jacke an. Ich muss wissen, wer der Tote ist", befiehlt Sarah.

„Nein! Ich gehe nicht mit. Auf keinen Fall. Ich bin seit zehn Jahren nicht mehr dort gewesen und will auch jetzt nicht da hin." Dann hält sie sich die Ohren zu, als könne sie sich so vor Sarahs Anweisungen schützen.

Doch Sarah kennt kein Erbarmen. Sie tritt in den Flur, nimmt den Hausschlüssel vom Schlüsselbrett und eine Jacke vom Garderobenhaken, drückt beides der sich sträubenden Hannah in die Hand und drängt sie resolut zur Tür hinaus. „Vielleicht wäre es besser, wenn du nicht immer vor allem und jedem davonläufst, sondern dich endlich mal deinen Ängsten stellst."

„Wir wollten über heute Morgen sprechen. Du hast es mir versprochen."

„Darüber reden wir später."

„Aber wir müssen überlegen, wie wir Miriam finden."

„Hannah! Bitte! Jetzt reiß dich zusammen."

Draußen hakt sich Sarah bei ihrer Freundin ein und zieht sie schweigend den Lindchenweg Richtung Reha-Klinik hinauf. Dort biegen sie links in die Höhenstraße ab, kurz darauf nach rechts in den Spreitger Weg und folgen ihm durch den Ort hindurch bis hinunter an die Abzweigung zu den Hexenweihern. Hannah geht wie ein trotziges Kind mit gesenktem Kopf neben Sarah her und spricht den ganzen Weg über kein Wort. Am liebsten würde sie umdrehen und sich im Bett verkriechen, doch sie hat keine Chance, sich gegen Sarah aufzulehnen. Diese ist ihr psychisch und physisch überlegen. Darüber hinaus ist sie für ihre Kompromisslosigkeit bekannt.

Als die beiden sich schließlich den Weihern nähern, bricht Hannah trotz des kühlen Windes der Schweiß aus. Auf dem Schotterweg stehen mehrere Fahrzeuge: Streifenwagen und Zivilfahrzeuge der Polizei.

Bei deren Anblick spürt Hannah einen Anflug von Schwindel, denn die Erinnerungen an damals, als in Nümbrecht und Umgebung tagelang die Polizei präsent war, kommen in ihr hoch. Sie bleibt abrupt stehen.

„Was ist?", fragt Sarah schroff.

„Ich gehe nicht weiter. Ich kann nicht."

„Du kommst mit", sagt Sarah und zerrt sie erbarmungslos weiter. Hannah folgt ihr wie ein bockiger Teenager.

Bald darauf erreichen sie den größeren der beiden Teiche. Die Nachricht vom Toten im Hexenweiher scheint sich wie ein Lauffeuer in Nümbrecht verbreitet zu haben. Nicht ungewöhnlich in Zeiten von WhatsApp & Co. Zahlreiche Schaulustige stehen hinter den rot-weißen Absperrbändern und verfolgen die Arbeit der Polizei. Zwei Reiterinnen führen ihre Pferde an den Fahrzeugen vorbei. Hannah entdeckt das ein oder andere bekannte Gesicht und zieht den Hals in ihre Jacke hinein wie eine Schildkröte.

Die Freundinnen bleiben weit hinter den Absperrungen stehen und beobachten das Szenario aus der Ferne. Männer in weißen Schutzanzügen suchen das Gelände um den Weiher herum ab und schießen Fotos. Am Ufer liegt ein Schlauchboot, ein Stück entfernt ist ein Sichtschutz aufgebaut. Mehrere Beamte befragen Personen hinter den Absperrbändern.

Hannah wird abwechselnd heiß und kalt. „Das war kein Badeunfall. Es war Mord. Ich spüre das", flüstert sie leise.

„Sei still. Wir wissen noch nicht einmal, um wen es sich bei dem Toten handelt."

„Trotzdem."

„Da vorne ist Ben", sagt Sarah und deutet auf jemanden in einer schwarzen Jacke. Er steht direkt hinter dem Absperrband, die Hände tief in den Taschen vergraben, den Kopf gesenkt.

„Ich habe ihn bestimmt seit neun Jahren nicht mehr gesehen", sagt Hannah emotionslos. „Ich will nicht, dass das Dreckschwein uns bemerkt."

„Ich auch nicht", murmelt Sarah, erstaunt über die deutlichen

Worte ihrer Freundin.

Auch wenn es in einer kleinen, beschaulichen Gemeinde wie Nümbrecht nicht ausgeschlossen ist, dass man sich irgendwann über den Weg läuft, ist Hannah ihm seit damals tatsächlich nicht mehr begegnet. Sie hasst ihn abgrundtief und hat die ganzen Jahre über gehofft, dass sie ihm nie wieder gegenüberstehen würde. Über andere ehemalige Schulkameraden hat sie gehört, dass er vor ein paar Jahren sein Jurastudium erfolgreich abgeschlossen hat und jetzt als Anwalt in der Kanzlei seiner Eltern arbeitet. Ehrgeizig war er bereits zu Schulzeiten. Und arrogant. Er stammt aus einer gut situierten Familie, die in der Region sehr angesehen ist, da sie unter anderem einen Verein zur Unterstützung von Waisenhäusern in Afrika gegründet hat. Eigentlich sollte man davon ausgehen, dass Ben etwas von dieser sozialen Einstellung mitbekommen hat. Doch kurz vor Ende der Schulzeit erlebten Hannah und ihre Freunde, wie eiskalt und rücksichtslos er ist. Mit solch einer Person möchte Hannah nichts mehr zu tun haben. Sie spürt, wie angespannt sie ist. Die Erinnerungen an die Mainacht vor zehn Jahren steigen in ihr hoch und vor ihrem geistigen Auge sieht sie die schrecklichen Bilder, die sie seit langem zu verdrängen versucht.

Als Ben die Freundinnen entdeckt, verlässt er seinen Platz hinter dem Absperrband und kommt eilig zu ihnen herüber. Hannahs Körper verkrampft sich.

„Ich will ihn nicht sehen und auch nicht mit ihm sprechen." Sie schaut in eine andere Richtung.

„Reiß dich zusammen. Wir reden kurz mit ihm und dann lassen wir ihn einfach stehen."

Als Ben sich nähert, erkennt Hannah, dass sich eine steile

Falte auf seiner Stirn gebildet hat. Seine Miene ist finster. Sie hält die Luft an. Was hat das zu bedeuten? Kennen sie den Toten?

„Gut, dass wir uns hier treffen", sagt Ben.

„Wir empfinden das anders", entgegnet Sarah schroff. „Wir wollen nichts mit dir zu tun haben."

„Für solche Animositäten ist jetzt nicht der Zeitpunkt. Der Tote ist Andreas. Spaziergänger haben ihn im Wasser treibend gefunden. Seine Hände und Füße waren gefesselt", berichtet er nüchtern und ohne Rücksicht auf die labile Hannah.

Schlagartig wird Hannah klar, dass weitere Aufeinandertreffen mit Ben unumgänglich sein werden. Ihr wird schwarz vor Augen. Sie wankt und hält sich an ihrer Freundin fest, um nicht umzufallen. Auch die sonst so starke Sarah bemerkt einen Anflug von Schwäche und muss sich beherrschen, nicht die Fassung zu verlieren.

„Was ist passiert?", flüstert Sarah geschockt. „Wer hatte einen Grund, Andreas umzubringen?"

„Ich habe auch schon überlegt, wer für solch eine Tat in Frage kommen könnte, aber mir fällt niemand ein." Ben zuckt mit den Achseln.

„Hattest du noch Kontakt zu ihm?"

Er schüttelt den Kopf. „Das letzte Mal vor neun Jahren. Ich habe lediglich gehört, dass er Lehrer geworden ist. Hat an einer Schule in Köln gearbeitet."

„Das habe ich auch mitbekommen und dass er zusammen mit seiner Freundin in Altennümbrecht gewohnt hat. Mehr weiß ich nicht. Sind unter den Polizisten welche von damals?"

„Ja. Kommissarin Hauswald und ihr Kollege Thiele sind vor Ort."

26

„Dann sollten wir darauf gefasst sein, dass sie uns befragen werden."

„Warum sollten sie?"

Sarah zuckt mit den Schultern. „Ist so ein Gefühl."

Eine Weile beobachten die drei schweigend das Geschehen. Über den Schotterweg nähert sich langsam ein Leichenwagen. Als er anhält steigen zwei dunkel gekleidete Männer aus, sprechen mit der Rechtsmedizinerin und nehmen anschließend Andreas' Leiche mit. Sarah schaudert.

„Ich habe heute Morgen Miriam gesehen", sagt Hannah unvermittelt.

„Du hast was?" Ben sieht sie irritiert an.

„Ich habe Miriam gesehen", wiederholt Hannah langsam und schaut Ben direkt in die Augen.

„Darüber macht man keine Scherze. Das kann nicht sein und das weißt du", entgegnet Ben unwirsch.

„Nein, Ben. Was ich weiß ist, dass die Vergangenheit uns einholt", sagt Hannah vorwurfsvoll und schildert ihm den Vorfall am Morgen im Supermarkt.

Ben steigt die Zornesröte ins Gesicht. Er schaut Hannah drohend an und packt sie an den Schultern. „Das hast du dir nur eingebildet. Ich sage es dir noch einmal: Miriam ist tot. Und jetzt reiß dich gefälligst zusammen."

„Lass Hannah los. Sonst wird noch jemand auf uns aufmerksam." Sarah zerrt an seinem Arm, um ihn von ihrer Freundin loszureißen.

Daraufhin lässt er von Hannah ab. „Dann sei jetzt still. Verstanden?"

Doch Hannah will sich nicht den Mund verbieten lassen. „Ben, sie hat mir direkt in die Augen geschaut. Miriam ist zurück. Ob du es hören willst oder nicht. Ich stand in den letzten Jahren neben mir, das stimmt, aber ich weiß, was ich gesehen habe."

„Das ist völliger Schwachsinn. Und jetzt höre endlich auf damit, sonst bringe ich dich zum Schweigen", schimpft Ben.

„Wir werden alle sterben. Alle, einer nach dem anderen", prophezeit Hannah mit bebender Stimme.

„Verlier jetzt nicht die Nerven", zischt Sarah ungehalten.

Doch die Ignoranz der beiden bringt Hannah immer mehr in Rage. „Kapiert ihr denn nicht? Es ist kein Zufall. Andreas an Händen und Füßen gefesselt – das ist ein Zeichen. Miriam lebt."

„Miriam ist tot. Das ist schlimm, aber wir müssen es akzeptieren", flüstert Sarah energisch.

„Ihre Leiche wurde nie gefunden. Habt ihr das vergessen? Ich halte das nicht mehr aus. Immer diese Alpträume und die ständige Angst, dass alles herauskommt. Ich gehe jetzt zur Polizei!" Hannahs Stimme war immer lauter geworden.

Sie wendet sich ab, doch Ben greift ihren linken Arm und hält sie zurück. „Das wirst du nicht, sonst bringst du uns alle in Schwierigkeiten", fährt er Hannah an.

„Miriam wird uns alle töten. Sie wird auch Kirsten und Michael in Köln finden. Ist dir das vielleicht lieber?", provoziert Hannah.

„Stopp!" Die Schärfe in Sarahs Stimme sichert ihr die volle Aufmerksamkeit der beiden. „Wir beruhigen uns jetzt erst einmal. Es hat keinen Zweck, dass wir uns streiten. Wir müssen die Nerven behalten und die Ermittlungen der Kriminalpolizei abwarten. Dann wissen wir mehr und können uns immer noch Gedanken machen. Die Leute schauen schon zu uns herüber."

Sarah hakt sich bei Hannah ein. „Komm, wir bringen dich nach Hause."

Sie deutet Ben an, ihnen zu folgen.

„Seid ihr zu Fuß hier?", fragt Ben.

„Ja."

„Mein Auto steht an der Straße nach Spreitgen. Ich fahre euch", bietet er an.

„Danke." Sarahs Stimme klingt gequält.

Eine Viertelstunde später stoppt Ben seinen Wagen vor Hannahs Haus. Sie haben den ganzen Weg zurück geschwiegen. Hannah ist wütend, weil weder Ben noch Sarah ihr glauben. Sie lässt sich von Sarah aus dem Auto ziehen und zur Tür bringen. Ben fährt mit quietschenden Reifen davon.

Kapitel 6

Ben stellt den Wagen vor seinem Haus in der Höhenstraße ab, nimmt die Aktentasche vom Rücksitz und öffnet die Fahrertür. Er stutzt. Da hängt etwas am Außenspiegel, weht im Wind sacht hin und her. Sekundenlang verharrt er und starrt regungslos auf den Spiegel. Er erkennt rote Fäden, die wie Haare aussehen, steigt aus, um sie aus der Nähe zu betrachten. Er löst den Knoten und stellt fest, dass es tatsächlich Haare sind. Nachdenklich lässt er sie durch die Finger gleiten.

Wer hat die rote Strähne an den Spiegel geknotet? Wann und wo hat derjenige es getan? Vorhin am Hexenweiher? Oder letzte Nacht vor seinem Haus?

Dann schaut er sich um. Ein älteres Ehepaar führt auf der gegenüberliegenden Straßenseite seinen Hund Gassi, aus der anderen Richtung nähert sich eine Frau mit Hut und Sonnenbrille, die an Krücken geht. Vermutlich eine Spaziergängerin aus der Reha-Klinik. Ansonsten entdeckt er niemanden in der ruhig gelegenen Wohngegend mit den gepflegten Einfamilienhäusern.

Wütend wirft er die Haare in die Mülltonne neben dem Gartentor und geht ins Haus. Nicht auszudenken, wenn Hannah sie vorhin entdeckt hätte. Er glaubt nicht daran, dass Miriam noch lebt. Vielleicht haben spielende Kinder die Strähne an seinem Auto befestigt. Er wird weder Hannah noch Sarah davon erzählen, damit sie nicht überreagieren und Dinge tun, die sie später bereuen. Das kann er gerade jetzt nicht gebrauchen, wo er beruflich durchstarten will. Wenn die alte Geschichte wieder aufgerollt würde, könnte das seine Karriere beenden, bevor sie überhaupt begonnen hat.

Nach den Gerichtsverhandlungen und der Verurteilung vor neun Jahren hat er das Ereignis – im Gegensatz zum Rest der damaligen Clique – schnell abgehakt. Er hat nicht mehr an Miriam gedacht. Was passiert ist, ist passiert, man kann es nicht mehr ändern. Er hat sich auf seine berufliche Zukunft konzentriert, all seine Energie in das Jurastudium gesteckt und sämtliche Examen auf Anhieb mit sehr guten Noten bestanden. Bereits seit einiger Zeit ist er als Anwalt in der Kanzlei seiner Eltern beschäftigt. Doch er will weiterkommen und in einer großen Sozietät arbeiten. Dafür wird er alles geben, koste es was es wolle. Nur so bringt man es im Leben zu etwas.

Kapitel 7

Hannah kaut unentwegt an ihren Fingernägeln, während sie in ihrer Wohnung auf und ab läuft. Und das seit mehr als einer Stunde. Zwischendurch bleibt sie immer wieder stehen und schaut durch die Terrassentür hinaus in den Garten, so, als würde sie dort eine Antwort auf die Frage finden, die ihr seit gestern auf der Seele brennt.

Dann geht sie wie ferngesteuert in die Küche, kehrt kurz darauf ins Wohnzimmer zurück und blickt erneut durch die Terrassentür hinaus. Minutenlang. Schließlich ballt sie die rechte Hand zur Faust, schlägt damit gegen die Scheibe. Soll sie die schwarze Mappe öffnen?

Wie wäre ihr bisher verkorkstes Leben verlaufen, wenn es diesen Abend vor zehn Jahren nicht gegeben hätte? Wäre sie heute ein zufriedener und glücklicher Mensch? Hätte sie Tiermedizin studiert, wie sie es damals vorgehabt hat? Hätten sich all ihre anderen Träume von Reisen in ferne Länder, einem schönen Haus und einer Familie mit zwei oder drei Kindern erfüllt? Bisher hielten Beziehungen nur wenige Monate. Keiner der Männer war mit ihren schwierigen Phasen zurechtgekommen, wenn sie tagelang im Bett gelegen und viel geweint hatte.

Stattdessen ist sie ein psychisches Wrack, kann ihr Leben nicht ohne fremde Hilfe bewältigen. In den letzten zehn Jahren war sie permanent in Behandlung, hat mehrfach den Therapeuten gewechselt. Nach dem Abitur begann sie eine

Ausbildung zur Verkäuferin und war währenddessen ständig krankheitsbedingt ausgefallen. Sie konnte sich glücklich schätzen, dass ihr Chef wegen der schrecklichen Geschichte damals Mitleid mit ihr gehabt und sie daher nach der Ausbildung übernommen hat. Sonst wäre aus ihr vermutlich ein Sozialfall geworden. Sicherlich hätten ihre Eltern und ihre Schwester sie dann unterstützt, aber das hätte sie nicht gewollt. Sie war ihnen so schon genug zur Last gefallen. Seit Beendigung der Ausbildung verkauft sie, wenn es ihr gut geht, Schuhe in einem kleinen Geschäft außerhalb Nümbrechts.

Kein Tag vergeht, ohne dass sie Angst davor hat, das Haus zu verlassen oder dass die Vergangenheit sie einholt. Wenn sie zur Arbeit oder in den Supermarkt muss, schaut sie zuerst zum Küchenfenster hinaus, ob niemand vor der Tür lauert. Bei der anschließenden Autofahrt blickt sie ständig in den Rückspiegel, um auszuschließen, dass ihr jemand folgt. Sie ist nun mal nicht so wie die anderen aus ihrer damaligen Clique. Wie sie von Sarah erfahren hat, haben alle anderen den Weg in eine erfolgreiche berufliche und private Zukunft geschafft. Sie selbst hat nur eine kleine Wohnung, ein kleines Auto und kommt mit ihrem Geld gerade so über die Runden. Größere Anschaffungen, wie ein Tablet oder einen Staubsauger muss sie sich über einen längeren Zeitraum zusammensparen. Eine Urlaubsreise kann sie sich nicht leisten. Ihre Eltern haben sie das ein oder andere Mal an die Nordsee mitgenommen, damit sie aus Nümbrecht herauskommt.

In den letzten Monaten ist ihr Zustand relativ stabil gewesen. Die Panikattacken ließen nach und somit war sie viel seltener krank gewesen. Es schien tatsächlich ein wenig bergauf zu gehen. Doch jetzt, mit dem Erscheinen von Miriam, kehren die

Ängste zurück. Und wieder hat sie niemanden außer Sarah, dem sie sich anvertrauen kann.

Abrupt dreht sich Hannah um, geht schnellen Schrittes ins Gästezimmer, holt die schwarze Mappe aus dem Schrank und setzt sich damit auf die Couch im Wohnzimmer. Zögerlich öffnet sie den Verschluss und schlägt sie auf.
Die zahlreichen Zeitungsausschnitte darin sind vergilbt. Hannah hat damals jeden Bericht aus der Tageszeitung ausgeschnitten und akribisch in der richtigen Reihenfolge einsortiert, um den Verlauf der Tragödie zu dokumentieren. Warum sie das damals getan hat, weiß sie heute nicht mehr. Sie nimmt den obersten Artikel heraus und liest.

2. Mai 2009
17-jährige Nümbrechterin nach Maifeier verschwunden
Tragisches Ende einer Maifeier: Auf dem Weg von den Hexenweihern zu einem Treffen mit einem Bekannten verschwand in der Nacht zum 1. Mai die 17-jährige Miriam H. aus Nümbrecht.
Zusammen mit ihren Freunden hatte sie am größeren der beiden Weiher unterhalb von Spreitgen gefeiert. Während die Freunde erst gegen 1.00 Uhr gemeinsam aufbrachen und zu Fuß nach Nümbrecht gingen, hatte Miriam H. die Feier bereits gegen 22.00 Uhr verlassen, um sich mit einem Bekannten auf dem Parkplatz von Schloss Homburg zu treffen. Von da aus wollte sie später direkt zu ihrem Elternhaus gehen. Doch dort kam sie nie an. Als die Eltern morgens feststellten, dass ihre Tochter nicht nach Hause gekommen war, und keiner der Freunde wusste, wo sie sich aufhielt, verständigten sie die

Polizei. Diese leitete in der Folge eine großangelegte Suchaktion ein. Eine große Anzahl von Freunden, Nachbarn und Verwandten der Vermissten schlossen sich an.

Bis zum Abend blieb die Suche jedoch erfolglos. Lediglich die Umhängetasche und eine Schüssel, in der die Vermisste Essen zur Feier mitgenommen hatte, wurden in einem Gebüsch an der Kreuzung Spreitger Weg – Höhenstraße gefunden. Papiere, Smartphone und Geld wurden nicht entwendet. In einer ersten Vernehmung bestritt Tim R., der Bekannte der Vermissten, mit der jungen Frau verabredet gewesen zu sein.

Völlig in Gedanken versunken kaut Hannah an den Fingernägeln. Dann auf der Unterlippe. Plötzlich füllt der metallische Geschmack von Blut ihren Mund. Erst jetzt bemerkt sie, was sie unbewusst getan hat. Mit zitternden Händen legt sie den Artikel zurück in die Mappe und nimmt den nächsten heraus.

3. Mai 2009

Weiterhin keine Spur von vermisster 17-jähriger

Auch nach dem zweiten Tag intensiver Suche nach der vermissten Nümbrechterin gibt es keinen Hinweis auf ihren Verbleib. Obwohl erneut ein Großaufgebot der Polizei sowie eine Gruppe aus dem Umfeld der Familie bis zum Einbruch der Dunkelheit nach ihr gesucht hatten, gibt es nach wie vor keine hilfreiche Spur. Daher bittet die Polizei um Mithilfe aus der Bevölkerung. Wer in der Nacht zum 1. Mai zwischen 22.00 Uhr abends und 8.00 Uhr morgens etwas Verdächtiges beobachtet hat, wird gebeten, sich bei der Polizei zu melden.

Hannah kaut noch stärker auf ihrer Unterlippe, als sie das Foto unter dem Artikel betrachtet. Es zeigt Miriam an ihrem letzten Geburtstag. Eine strahlende 17-jährige, die ihr Leben noch vor sich hat und die nach dem Abitur Tiermedizin studieren wollte. Hannah hat es nie verwunden, dass sie eine Mitschuld daran trägt, dass Miriams Leben ein jähes Ende gefunden hat. Miriams Eltern haben den Freunden im Nachhinein große Vorwürfe gemacht, dass sie ihre Tochter allein zurück nach Nümbrecht haben gehen lassen. Jedes Aufeinandertreffen mit den Eltern vor Gericht wurde zur Qual. Ihre anklagenden Blicke sagten mehr als tausend Worte. Hannah fühlte sich schlecht, so, als ob sie in ihre Seele hineinsehen konnten. Und dieses Gefühl hat über die ganzen Jahre angehalten.

Schließlich legt Hannah auch diesen Zeitungsausschnitt sorgfältig zurück und holt den nächsten hervor.

3. Mai 2009

Neues im Fall der vermissten Schülerin aus Nümbrecht: Tim R. festgenommen! War es eine Beziehungstat?

Die Techniker der Kriminalpolizei entdeckten Haare der Vermissten am Auto von Tim R., sowie ihre Kette, die sie am Abend des Verschwindens getragen hat, unter dem Beifahrersitz. Zudem wurde an der Tasche der Schülerin die gleiche Erde sichergestellt, die sich auch im Profil der Reifen am Fahrzeug von Tim R. befand.

Kam es in der Nacht zum 1. Mai zum Streit zwischen Miriam H. und dem polizeibekannten Tim R.? Hat er die junge Frau in dessen Verlauf getötet und ihre Leiche irgendwo vergraben? Fragen, denen die Mitarbeiter der Kriminalpolizei nun nachgehen müssen.

Hannah schüttelt den Kopf und vergräbt das Gesicht in den Händen. Warum haben sie Miriam nicht helfen können? Warum haben sie sie allein gelassen? Diese Fragen haben sie in den vergangenen zehn Jahren nicht zur Ruhe kommen lassen und bedrücken sie auch heute noch.

Als sie den Kopf hebt, verschwimmt Miriams Bild vor ihren Augen. Wie immer, wenn sie daran und an die Absprache mit ihren Freunden denkt, wird sie von ihren Gefühlen übermannt.

4. Mai 2009

Tim R. bestreitet nach wie vor die Tat

Trotz der Spuren, die bei Tim R. sichergestellt wurden, bestreitet dieser nach wie vor die gegen ihn erhobenen Vorwürfe. Er bleibt bei seiner Aussage, dass er sich in der Nacht zum 1. Mai nicht mit Miriam H. getroffen habe und auch nicht mit ihr verabredet gewesen sei. Ein Alibi für die Zeit des Verschwindens der Schülerin hat er jedoch nicht.

Mit schweißnassen Händen steckt Hannah den Artikel wieder in die Mappe und verschließt sie sorgfältig. Sie hat genug gelesen. Vor ihrem geistigen Auge tauchen wieder die Bilder der Mainacht auf und sie spürt die Angst und Hilflosigkeit wie damals. Dann betrachtet sie die Innenseiten ihrer Unterarme. Sie sind übersät von kleineren und größeren Narben. Deshalb trägt sie selbst im Sommer Blusen mit langen Ärmeln. Doch sie konnte damals nicht anders. Die Schmerzen, die die Schnitte mit der Rasierklinge verursachten, rückten den seelischen Schmerz in den Hintergrund. Sie fühlte sich betäubt, geradezu leer. Anders konnte sie sich nicht von der schrecklichen Tragödie ablenken. Es dauerte lange, bis sie davon losgekommen war. Erst nach vielen Sitzungen beim Psychotherapeuten schaffte sie es aufzuhören. Ihre Arme sind seitdem entstellt und erinnern sie jeden Tag, jede Stunde, jede Minute an die Nacht, in der Miriam verschwand. Und jetzt …jetzt holt sie die Vergangenheit ein und entfacht die alten Schuldgefühle wieder neu.

Wie von einer fremden Macht gesteuert, steht sie auf und geht ins Badezimmer. Sie blickt in den Spiegel, sieht ein graues Gesicht mit tief in den Höhlen liegenden Augen und dunklen Augenringen. Sie sieht älter aus, als sie ist. Dann öffnet sie den Spiegelschrank und nimmt eine Rasierklinge heraus. Langsam wickelt sie diese aus der Papierverpackung und setzt sie auf der Innenseite des linken Unterarms an. Einen kurzen Moment hält sie inne, dann drückt sie die Klinge tief in die Haut hinein und zieht sie langsam zur Ellenbeuge hin. Ihre Mundwinkel zucken, ansonsten bleibt sie stumm. Der Schmerz strömt durch ihren Körper, lenkt ihre Sinne auf diese Wahrnehmung. Die Bilder der Vergangenheit sind verschwunden. Dann entfernt sie die Klinge und beobachtet, wie das Blut aus dem feinen Schnitt herausquillt, in mehreren Rinnsalen am Unterarm hinunterläuft und auf die blauen Badfliesen tropft.

Plötzlich ist sie ganz ruhig. Dann übergibt sie sich.

Kapitel 8

Sarah setzt gerade ihren Neffen Nils am Sport-Park zum Tennis spielen ab, als ihr Handy klingelt. Beim Blick auf das Display stöhnt sie genervt auf.

Sie verabschiedet sich von dem Zwölfjährigen und drückt ihm einen Schein in die Hand. „Hier hast du zehn Euro. Dafür kannst du dir etwas zum Trinken kaufen. Deine Mutter holt dich um 16.00 Uhr wieder ab."

„Danke, Tante Sarah. Fährst du mich morgen auch wieder?"

„Wenn ich Zeit habe. Ich melde mich bei euch." Sarah schmunzelt. Seit sie sich vor einigen Monaten ein Cabrio zugelegt hat, lässt sich Nils gerne von ihr chauffieren.

„Okay. Tschüß."

Nachdem ihr Neffe ausgestiegen ist, nimmt sie das Gespräch entgegen.

„Sarah, ich muss mit dir reden. Sofort." Bens Stimme hat wieder diesen Befehlston, den sie schon zu Schulzeiten nicht leiden konnte.

„Ich wollte eigentlich zu einer Freundin nach Gummersbach fahren. Was gibt es denn so Wichtiges, das wir besprechen müssen?"

„Nicht am Telefon. Wir treffen uns in einer Viertelstunde am Aussichtsturm. Es geht um Andreas' Tod."

Sarah seufzt. „In Ordnung, bis gleich."

Sie schickt ihrer Freundin eine WhatsApp, dass sie sich verspäten wird. Dann wirft sie ihr Smartphone auf den

Beifahrersitz. Es ärgert sie, dass durch Andreas' Tod weitere Begegnungen mit Ben unvermeidbar sind.

Sie überlegt. Was ist vorgefallen, dass Ben so angespannt ist? Gibt es Neuigkeiten über Andreas' Todesumstände? Wurde der Täter bereits gefasst?

Da es sich nicht lohnt, noch einmal nach Hause zu fahren, steuert sie direkt den vereinbarten Treffpunkt am Aussichtsturm an. Sie liebt diesen idyllischen Ort mitten im Wald. Die unzähligen Stufen des Holzturms ist sie schon viele Male hinaufgelaufen, um über die Baumwipfel hinweg das Panorama zu bewundern. Anschließend hat sie stets das daneben stehende Café besucht. Mit dem tiefgezogenen Dach erinnert es sie an ein Hexenhäuschen.

Als sie auf den kleinen Parkplatz fährt, wartet Ben bereits auf sie. Sie verzieht das Gesicht zu einer Grimasse. Im dunkelblauen Anzug lehnt er wie ein Model lässig gegen die Motorhaube seines Geländewagens: schwarze Haare, grüne Augen, braun gebrannt und durchtrainiert. Sarah lacht verächtlich. Ben, der erfolgreiche Anwalt, das eiskalte Schwein.

Hektisch zieht er an einer Zigarette. „Lass uns ein paar Schritte gehen", sagt er, als Sarah aus dem Auto gestiegen ist. „Hier sind zu viele Leute."

Eine Weile schlendern sie schweigend nebeneinander her, biegen auf den Wanderweg Richtung Distelkamp ab. Von Zeit zu Zeit bietet sich ihnen ein herrlicher Blick über die grüne, hügelige Landschaft des Oberbergischen Landes. Jetzt, wo die Bäume zu blühen anfangen, ist es besonders schön. Doch keiner der beiden kann die Aussicht genießen, denn die Frage, wer Andreas getötet hat, ist allgegenwärtig. Nach ein paar Minuten sind sie allein.

Ben sieht Sarah von der Seite an. „Ich habe über den Mord an Andreas nachgedacht. Für mich handelt es sich ganz klar um einen Racheakt. Deshalb sind wir alle in Gefahr. Wir sollten die anderen warnen. Nur Hannah dürfen wir nichts sagen, sonst dreht sie durch. Wir können sie nur darauf hinweisen, die Augen offen zu halten und wachsam zu sein."

„Hm. Aber Tim kann es nicht sein. Der sitzt noch im Knast wegen unserer Aussage." In dieser Ruhe kommt Sarah plötzlich ein Gedanke, der genauso vorstellbar wie absurd ist. „Meinst du, Miriams Eltern haben ihn umgebracht?"

Ben schaut sie erstaunt an. „Nein, das halte ich für ausgeschlossen. Sie sind zwar wütend auf uns und geben uns die Schuld an Miriams Verschwinden, aber sie sind keine Mörder. Dafür sind sie viel zu gläubig. Ich vermute, dass ein Verwandter oder ein Kumpel von Tim Andreas umgebracht hat."

Sarah bleibt abrupt stehen und starrt ihren ehemaligen Schulfreund entsetzt an. „Andreas war an Händen und Füßen gefesselt. Wieso sollte einer von ihnen …? Und außerdem, warum erst nach so vielen Jahren?"

„Das weiß ich nicht. Wir haben damals bei der Polizei ausgesagt, dass er sich in der Nacht von Miriams Verschwinden mit ihr treffen wollte. Deshalb richtet sich seine Wut gegen uns. Und das wird sich im Laufe der Jahre immer mehr in ihm aufgestaut haben. Er hat über seine Wut mit jemandem gesprochen und der rächt sich jetzt in seinem Auftrag an uns."

„Das stimmt. Wir haben ihn ins Gefängnis gebracht. Wir hätten besser ausgesagt, dass Miriam früher nach Hause gegangen ist, weil sie Kopfschmerzen hatte. Eventuelle Rachegefühle haben wir damals nicht bedacht." Trotz der Wärme beginnt Sarah von einer Sekunde auf die andere zu frösteln. Sie legt die Hände auf die Wangen und schließt die Augen. „Meinst du, derjenige wird uns alle …" Dann stockt sie.

„Umbringen?", ergänzt Ben. „Vermutlich wird diese Person nicht eher ruhen, bis alle aus der alten Clique bestraft sind. Dass man Andreas im Hexenweiher gefunden hat, ist eine Art Hinweis für uns, dass es sich um einen Rachefeldzug für das Geschehen in der Mainacht handelt. Ich denke, der Verwandte oder Kumpel wird ab jetzt sehr geschickt vorgehen und es beim nächsten Mord wie einen Unfall aussehen lassen, damit man ihm nichts nachweisen kann."

Sarah schüttelt den Kopf. „Mein Gott. Das ist verrückt. In den ersten Jahren habe ich immer wieder das ungute Gefühl gehabt, dass uns die alte Geschichte irgendwann einholt. Im Laufe der Zeit hat das nachgelassen. Aber ich habe nie darüber nachgedacht, was passieren könnte, wenn Tim aus dem Gefängnis kommt. Weißt du, was ich nicht verstehe? Warum gerade jetzt? Er hat nur noch ein paar Jahre abzusitzen, dann kommt er frei und könnte sich selbst an uns rächen! Genauso gut hätte er schon vor einigen Jahren jemanden beauftragen können, uns zu töten. Das macht alles keinen Sinn."

„Das kann ich mir auch nicht erklären."

„Was machen wir denn jetzt? Sollen wir zur Polizei gehen und ihnen unsere Vermutung schildern? Vielleicht haben sie dann ein Auge auf Tims Umfeld", schlägt Sarah vor.

Ben tritt gegen einen Stein, der mit hoher Geschwindigkeit gegen einen Baum prallt und zurück auf den Waldweg fällt. Das macht er immer, wenn er nachdenkt. Nach einiger Zeit schüttelt er den Kopf. „Auf keinen Fall. Wenn wir seiner Verwandtschaft und seinem Kumpel die Polizei auf den Hals hetzen, steigert das nur seine Wut uns gegenüber. Wir wissen nicht, wie er dann reagiert. Vielleicht hat er im Gefängnis Kontakte geknüpft. Derjenige wurde bereits entlassen und führt den Rachefeldzug für ihn fort."

Ben verstummt, denn eine Familie mit Kindern kommt ihnen entgegen. Die Eltern tragen große Rucksäcke, die Kinder im Grundschulalter kleine. Vermutlich unternehmen sie eine längere Wanderung. Während sie weitergehen schaut Ben auf sein Handy. Er wischt ein paar Mal mit dem rechten Zeigefinger über das Display, dann tippt er eine Weile. Anschließend klappt er die Hülle zu und steckt das Smartphone in seine Jackentasche.

„Wir müssen etwas unternehmen. Ich habe Angst. Ich will nicht die Nächste sein!", zischt Sarah, als sie wieder allein sind.

Ben streicht nachdenklich über seinen Dreitagebart. „Meinst du ich etwa? Pass auf: Du kümmerst dich um Hannah und achtest darauf, dass sie nichts Unüberlegtes tut. Sie ist ein Pulverfass, das jederzeit hochgehen kann. Mein Freund Peter aus Köln ist IT-Spezialist und Privatermittler. Er unterstützt mich in dem einen oder anderen Fall. Er schuldet mir noch einen Gefallen. Ich habe ihm als Anwalt mal aus einer heiklen Situation herausgeholfen. Den rufe ich nachher an. Er soll in Tims Umfeld recherchieren."

„Du meinst, Peter könnte Beweise dafür finden, dass Andreas' Mörder aus Tims Umfeld stammt?", fragt Sarah skeptisch.

„Er hat schon einiges herausgefunden, von dem ich gedacht habe, das sei unmöglich. Ich frage ihn auch gar nicht, wie er das angestellt hat. Mit Sicherheit waren seine Methoden nicht immer legal. Aber das stört mich nicht. Wir haben keine andere Wahl."

Diese Aussage erstaunt Sarah nicht. Mit ihren Kenntnissen über Ben will sie nicht wissen, welcher Methoden er sich als Anwalt bedient. „Welchen Grund willst du ihm für die Ermittlungen nennen?"

„Das lass mal meine Sorge sein. Mir fällt schon etwas ein."

„Wir sollten Kirsten und Michael anrufen. Ich denke es ist besser, sie sind darüber informiert, was hier passiert ist und dass sie in Gefahr sind."

„Ich kümmere mich später darum."

„In den letzten Jahren habe ich keinen Kontakt zu den beiden gehabt? Du vielleicht?", fragt Sarah.

„Nein. Ich habe sie seit dem Abi nicht mehr gesehen und auch nichts von ihnen gehört." Ben sieht auf die Uhr. „In einer Stunde habe ich einen Termin in Gummersbach. Lass uns umkehren."

Er dreht auf dem Absatz um und geht mit schnellen Schritten zurück zum Auto. Sarah stolpert hinter ihm her.

„Warte mal", sagt Sarah plötzlich, kurz bevor sie den Parkplatz am Aussichtsturm erreichen.

„Was ist?", fragt Ben ungeduldig und geht in unverändertem Tempo weiter.

„Ich weiß, wir haben gestern mit Hannah darüber gesprochen und gesagt, dass es ausgeschlossen ist, dass Miriam noch lebt. Aber was ist, wenn wir uns irren?"

Jetzt bleibt Ben abrupt stehen. Gereizt schaut er Sarah an. Eine steile Zornesfalte hat sich auf seiner Stirn gebildet. „Jetzt fang du nicht auch noch damit an! Es reicht schon, wenn Hannah sich einbildet, sie gesehen zu haben. Aber bei ihr wissen wir ja, dass sie einen Knall hat."

„Wag es nicht, so über Hannah zu reden. An ihrem Zustand

bist schließlich du Schuld", schnaubt Sarah wütend. „Ich glaube, du kennst so etwas wie Mitgefühl gar nicht. Ich weiß, warum ich mit dir nichts zu tun haben will. Aber das lassen wir mal außen vor. Wir haben ein Problem, das wir gemeinsam lösen müssen. Überleg doch mal. Miriams Leiche wurde nie gefunden. Theoretisch könnte sie wirklich ..."

„Du bist verrückt. Warum hat sie sich dann all die Jahre nicht bei uns gemeldet?"

„Weil sie absichtlich untergetaucht ist!"

„Wieso sollte eine 17-jährige untertauchen?"

„Ihre Eltern waren sehr streng. Das hatte ihr schon lange nicht gefallen. Sie wollte mehr Freiheit. Mal in die Disco gehen oder auf eine Stufenfete. Das durfte sie alles nicht. Außerdem wollten ihre Eltern, dass sie Medizin studiert und Chirurgin wird wie ihr Vater. Miriam aber wollte Tierärztin werden. Deswegen hatte sie ziemlichen Ärger zu Hause. Ihr wurde das alles zu eng."

Ben runzelt die Stirn. „Und du meinst, sie hat den Abend genutzt um unterzutauchen?"

„Ja."

„Das wäre ein starkes Stück. Dann hätte sie uns wenigstens einweihen können, damit wir keine Schuldgefühle haben", wettert Ben verächtlich.

Sarah zuckt die Schultern. „Jeder Mitwisser wäre ein Risiko für ihr Vorhaben gewesen."

„Warum ist sie dann verschwunden, nachdem sie auf Hannah getroffen ist?"

„Darüber solltest du mal nachdenken."

Ben schaut unschlüssig zu Boden, zeichnet mit dem Fuß einen Kreis nach. „Ich bitte meinen Freund, dass er dieser

Vermutung ebenfalls nachgeht. Auch, wenn ich nicht daran glaube."

Ein paar Minuten später haben die beiden ihre Autos erreicht. Als Sarah die Tür ihres Cabrios öffnet und einsteigen will, dreht sie sich noch einmal um. „Spürst du eigentlich manchmal so etwas wie Schuld oder Reue?"

Ben sieht ihr einige Sekunden in die Augen. Dann steigt er in seinen Geländewagen und fährt davon.

Kapitel 9

Nach dem Gespräch mit Ben steht Sarah nicht mehr der Sinn danach, ihre Freundin zu besuchen. Sie möchte allein sein. Deshalb schreibt sie Lara vom Auto aus eine WhatsApp, dass sie Kopfschmerzen hat und sich in der kommenden Woche melden würde. Dann fährt sie nach Hause. Als sie schließlich in den Spreitger Weg einbiegt, erblickt sie eine Frau auf dem Bürgersteig kurz vor ihrem Haus. Sie lässt diese passieren, biegt dann in die Einfahrt ein und stellt ihr Auto auf dem Stellplatz ab. Während sie aussteigt, fällt ihr Blick noch einmal auf die Frau mit Hut und Sonnenbrille, die sich auf Krücken gestützt langsam fortbewegt. Die Arme. Ihre Haltung ist gebeugt und das Gehen fällt ihr schwer. Das Bild kennt Sarah. Viele Patienten aus der Reha-Klinik spazieren im Kurpark und in den Straßen um die Klinik herum.

Plötzlich gerät die Frau ins Stolpern. Eine Krücke fällt zu Boden.

„Warten Sie, ich helfe Ihnen", ruft Sarah und läuft zu ihr hinüber.

„Das ist sehr nett von Ihnen", bedankt sich die junge Frau, als Sarah ihr die Krücke reicht. „Mir geht es zwar schon wieder ganz gut, aber allein hätte ich es nicht geschafft, sie aufzuheben."

„Gern geschehen. Hatten Sie einen Unfall?"

„Ja, einen Autounfall. Mir hat jemand die Vorfahrt genommen und ist direkt in die Fahrertür gekracht. Vier Wochen ist das

47

jetzt her und es wird noch ein ziemlich langer Weg, bis ich wieder beschwerdefrei laufen kann."

„Das tut mir leid. Ich wünsche Ihnen alles Gute und dass Sie wieder vollkommen gesund werden."

„Vielen Dank. Auf Wiedersehen."

Sarah schaut der Frau eine Weile hinterher, wie sie sich langsam und schwerfällig Richtung Ortsmitte bewegt. Dann verschwindet sie im Haus. An der Garderobe setzt sie sich auf die schmale Bank, zieht die Schuhe aus und streift die Jacke ab. Sie möchte den Rest des Tages auf der Couch verbringen, sich vom Fernsehen berieseln lassen und nicht über Andreas' Tod und einen eventuellen Rachefeldzug grübeln. Doch als sie den Anorak auf einen Bügel hängt, hält sie inne. Irgendetwas an der Begegnung mit der Frau gibt ihr zu Denken. Sarah hat das Gefühl, dass sie ihr bekannt vorkommt. Aber wer ist sie?

Schnell zieht Sarah Jacke und Schuhe wieder an und läuft hinaus auf die Straße. Am Ende des Weges biegt die Frau gerade langsam in die Hauptstraße ein. Sarah rennt ihr hinterher, holt sie nach kurzer Zeit ein. Ein paar Meter hinter der Patientin stoppt sie und folgt ihr langsam mit etwas Abstand. Die Frau geht unbeirrt weiter: schwerfällig und Schritt für Schritt, dreht sich nicht einmal um.

Dann durchzuckt es Sarah wie ein Blitz. Sie kennt diese Person nicht, aber sie weiß, an wen sie sie erinnert. Es ist nicht ihr Äußeres, sondern ihr Parfum, das sie mit jemand anderem verbindet. Die Frau trägt den gleichen Duft, den Miriam immer benutzt hat.

Kapitel 10

„Mensch Hannah, wie hast du denn das Regal eingeräumt? Das macht nicht gerade Eindruck auf die Kunden." Herr Schmitz nimmt den weißen Sportschuh, den sie neben einen roten gestellt hat und deutet dann auf die ganze Reihe.

„Oh, Entschuldigung, Herr Schmitz." Zerknirscht betrachtet sie die Schuhe der Größe 38. Die als Paare einsortierten Exemplare passen farblich allesamt nicht zueinander.

„Was hast du dir dabei gedacht?"

„Ich weiß nicht. Ich werde es sofort korrigieren", stammelt Hannah. Es tut ihr leid, dass sie den Chef des alteingesessenen Geschäfts heute derart enttäuscht.

„Aber zügig, bitte. Wir öffnen gleich."

Schnell räumt Hannah sämtliche Schuhe aus dem alten, hellen Holzregal heraus, sortiert sie neu und stellt sie sorgfältig wieder hinein. Sie muss sich zusammenreißen und die Begegnung mit Miriam sowie Andreas' Tod verdrängen. Sonst wird ihr Chef eines Tages die Geduld mit ihr verlieren und sie hinauswerfen. Verübeln könnte sie es ihm nicht.

Als Herr Schmitz Punkt 9.30 Uhr die Ladentür öffnet, ist sie fertig. Anschließend überprüft sie die Bestände der verschiedenen Pflegesprays, Bürsten und Schwämme im großen urigen Setzkasten neben der Kasse. Doch so sehr sie sich auch bemüht, ihre Gedanken wandern immer wieder zu Miriam ab. Wo ist sie jetzt? Wo taucht sie das nächste Mal auf?

Eine Viertelstunde später reißt die nostalgische Türglocke Hannah aus ihren Gedanken. Die erste Kundin betritt den Laden.

„Guten Morgen. Kann ich Ihnen helfen?" Hannah ringt sich ein freundliches Lächeln ab und geht auf die Dame zu.

„Ja. Ich suche ein Paar schwarze Pumps."

„Da haben wir mehrere sehr schöne Exemplare. Welche Schuhgröße haben Sie?"

„39."

Genau in dem Augenblick, als Hannah die Kundin zu dem entsprechenden Regal führen will, fällt ihr Blick durch das Ladenfenster auf die Straße. Sie erstarrt und ist unfähig sich zu bewegen. Auf dem Bürgersteig direkt vor dem Geschäft steht Miriam. Ihre roten, langen Haare wehen im Wind. Wieder schaut sie Hannah mit starrer Miene an und hält ihrem Blick stand.

„Entschuldigung? Würden Sie mir bitte die Schuhe zeigen?" Hannah reagiert nicht. Wie hypnotisiert blickt sie durch eines der alten, kleinen Holzfenster des restaurierten Fachwerkhauses.

„Ist alles in Ordnung mit Ihnen?" Die Kundin rüttelt Hannah an der Schulter.

Diese zuckt zusammen und sieht die Frau mit wirrem Blick an. „Tut mir leid, ich dachte nur, ich …"

„Hannah, mach eine kurze Pause. Ich kümmere mich um die Kundin." Herr Schmitz war unbemerkt zu ihnen herüber gekommen.

„Ja, ist gut." Hannah wendet sich zum Gehen und wirft noch einmal einen Blick aus dem Fenster. Von Miriam keine Spur.

Zehn Minuten später betritt Herr Schmitz den kleinen Aufenthaltsraum mit Küchenzeile, in den sich Hannah zurückgezogen hat.

„Wo bist du heute mit deinen Gedanken?" Seine Stimme klingt vorwurfsvoll.

„Ich habe nur wenig geschlafen. Es tut mir leid."

„Das glaube ich dir nicht. Dir geht es wieder schlechter!"

Unwillkürlich zieht Hannah die Ärmel ihrer Bluse herunter, die beim Einräumen etwas hinaufgerutscht waren. „Ich habe im Augenblick wieder starke Alpträume", gesteht sie.

Ihr Chef seufzt. „In den letzten Monaten ging es dir doch so gut. Gab es einen Auslöser dafür?"

Hannah schüttelt den Kopf und starrt vor sich auf den Tisch.

„Geh zum Arzt und komm erst wieder arbeiten, wenn es dir besser geht. Ich rufe meine Frau an, damit sie mir im Geschäft hilft."

„Danke", sagt Hannah mit gesenktem Blick, nimmt Jacke und Tasche und verlässt ihren Arbeitsplatz.

Kapitel 11

Selbstbewusst steigt Ben aus seinem rund 100.000 Euro teuren Geländewagen, richtet sich gerade auf, nimmt die Schultern zurück und den Kopf hoch. Dann knöpft er seine maßgeschneiderte, anthrazitfarbene Anzugjacke zu und schaut in den Außenspiegel, um zu prüfen, ob sich Kragen und Krawatte in der richtigen Position befinden. Alles sitzt perfekt. Dann wischt er mit seinem Taschentuch mit den eingestickten Initialen noch einmal über die schwarzen Lederschuhe und geht aufrecht zum Eingang des Derichsweiler Hofs. Beruflich gesehen wird es ein wichtiger Abend für ihn, denn heute wird sich seine Zukunft entscheiden. Er ist sicher, dass er mit einem lukrativen Angebot in der Tasche wieder nach Hause fahren wird.

Als er den Eingangsbereich des Hotels betritt, kommt ihm Lena strahlend entgegen. In dem schwarzen, eng anliegenden langen Kleid und den High Heels, die sie bestimmt zehn Zentimeter größer wirken lassen, ist sie eine elegante Erscheinung und somit die richtige Frau an seiner Seite, wenn er erst einmal Partner in der bekannten Sozietät ihres Vaters wäre. Optisch gäben sie das perfekte Paar für Repräsentationen ab. Dass sie die Tochter eines der Gründer der Kanzlei ist, ist für ihn Mittel zum Zweck. Ob er Lena wirklich liebt, weiß er nicht.

„Hallo Schatz, da bist du ja endlich", sagt Lena und gibt ihm einen Kuss.

Ben schiebt sie ein Stück von sich weg und betrachtet sie von oben bis unten. „Du siehst bezaubernd aus in dem neuen Kleid." Er weiß genau, was das weibliche Geschlecht hören will, und er weiß auch, was er dieser Frau sagen muss, damit sie bei ihrem Vater ein gutes Wort für ihn einlegt.

„Danke", entgegnet sie geschmeichelt. „Du siehst aber auch gut in deinem neuen Anzug aus. Die Investition hat sich gelohnt. Lass uns gehen. Papa hat schon nach dir gefragt. Er will dich unbedingt ein paar Leuten vorstellen."

Lena hakt sich bei ihm ein und sie gehen direkt zu dem Empfang, den ihr Vater ausrichtet. Ben bleibt für einen Moment im Türrahmen stehen und schaut sich um. Schätzungsweise vierzig bis fünfzig Gäste sind bereits anwesend. Allesamt Partner und Anwälte von den verschiedenen Standorten der Kanzlei aus ganz Deutschland, teilweise nebst Ehepartnern. An der rechten Wand befindet sich das Buffet. Die mit Blumen und Kerzen in Orange und Grün dekorierten Tische sind in langen Reihen aufgestellt. Als Lenas Vater die beiden erblickt, winkt er sie zu sich.

„Hallo Ben. Gut, dass du da bist. Herr Meinert hat sich schon nach dir erkundigt", empfängt er ihn. „Er wartet da drüben." Bernd Potthoff deutet auf eine Gruppe Männer in dunklen Anzügen vor dem Fenster.

„Ich werde gleich zu ihm gehen."

„Du wirst mich hoffentlich nicht den ganzen Abend allein lassen und dich nur über die Arbeit unterhalten?" Lena zieht einen Schmollmund. Sie fühlt sich sowieso fehl am Platz unter den ganzen Anwälten und war nur Ben zuliebe mitgegangen.

„Natürlich nicht", entgegnet Ben besänftigend, obwohl ihn die Anhänglichkeit seiner Freundin nervt. „Aber möglicherweise kann ich hier den ein oder anderen Kontakt knüpfen. Vielleicht möchtest du ja irgendwann die Ehefrau eines Partners werden? Wir hätten ein schönes Haus in einer großen, interessanten Stadt, wo es jede Menge exzellente Restaurants, Musicals und gesellschaftliche Events gibt. Du bräuchtest nicht mehr zu arbeiten, könntest Golf spielen und dich für wohltätige Zwecke engagieren."

„Du weißt, dass es mir nicht wichtig ist, ob du Partner bist oder nicht."

„Halt die Klappe, setzt dich irgendwo hin und lass mich in Ruhe!", denkt Ben und lässt erneut seinen Blick durch den halbvollen Raum gleiten, dieses Mal gezielter. Einige Mitarbeiter aus der Kanzlei im Kölner Süden sind mit ihren Gattinnen anwesend, allerdings auch viele unbekannte Personen. Sie werden von den Standorten München, Hamburg, Stuttgart oder Düsseldorf sein.

Heute Abend hat er die Möglichkeit, sich ins Gespräch zu bringen und die Weichen für eine erfolgreiche Zukunft und eine steile Karriere zu stellen. Diese Chance muss er nutzen, denn er will auf keinen Fall sein Leben lang in der kleinen Klitsche seiner Eltern bleiben. Er möchte nicht nur Nachbarschaftsquerelen am Gartenzaun verhandeln oder bei einer Scheidung durchsetzen, dass sein Mandant den Hund anstatt der Katze bekommt. Das ist ihm viel zu spießig.

Er möchte in einer großen, renommierten Kanzlei mit mehreren Standorten im In- und Ausland arbeiten. Er möchte spektakuläre Fälle mit Medienpräsenz bearbeiten, wie es bei Geiselnahmen oder Morden der Fall ist.

„Ben!"

Ben zuckt zusammen, als er Lenas strenge Stimme vernimmt.

„Wie bitte?"

„Ich habe dich gefragt, ob wir etwas zu trinken bestellen und uns setzen sollen."

„Lass uns zuerst mit Herrn Meinert sprechen", entscheidet er und geht voran. Den leisen Protest seiner Freundin überhört er absichtlich. Sie nervt.

„Herr Meinert, ich freue mich, Sie persönlich zu treffen." Ben gibt dem Partner vom Standort Hamburg die Hand. Bei ihm muss er einen guten Eindruck hinterlassen, denn Hamburg wäre seine favorisierte Stadt. Wenn er es schaffen würde, dort eine Stelle zu bekommen und in einigen Jahren Partner zu werden, würde ein Traum in Erfüllung gehen. Es wäre ein harter, arbeitsreicher Weg, doch der Einsatz würde sich lohnen. Raus aus Nümbrecht, diesem Kaff, und hinaus in die Welt. Seine Eltern würden sehr stolz auf ihn sein. Und Verwandte, Nachbarn und alle anderen aus seinem Umfeld würden staunen, wie erfolgreich er wäre. Das ist es, was er will: Ansehen und Macht.

„Herr Thorwald, da sind Sie ja. Schön, Sie zu sehen. Wie geht es Ihnen?", begrüßt ihn Herr Meinert.

„Gut, danke."

„Ich habe gehört, Sie möchten sich beruflich verändern?"

„Das ist richtig. Zurzeit arbeite ich in der Kanzlei meiner Eltern, wo ich mich hauptsächlich mit Scheidungen, Nachbarschaftsstreitigkeiten und arbeitsrechtlichen Fällen beschäftige. Mein Bestreben ist es aber, im Strafrecht zu arbeiten. Das hat mir während meines Studiums am besten gefallen und darin sehe ich meine Zukunft."

„Herr Potthoff hält sehr viel von Ihnen. Er sagt, Sie seien sehr ehrgeizig und zielstrebig."

Ben lächelt. „Das stimmt. Wenn ich einen Fall betreue, gebe ich alles und bringe vollen Einsatz. Dann kommt es auch vor, dass ich schon mal eine Nacht durcharbeite."

„Das gefällt mir. Solche Mitarbeiter brauchen wir. Was halten Sie davon, wenn Sie mich nächste Woche in Hamburg besuchen? Sie sehen sich unsere Kanzlei an, ich erzähle Ihnen ein wenig über unsere Fälle, und wir überlegen gemeinsam, ob das etwas für Sie wäre."

Ben muss sich beherrschen, um seine übermäßige Freude nicht zu zeigen. Mit dieser Einladung ist er seinem Ziel schon ein Stück näher gerückt. „Das hört sich sehr gut an, ich komme gerne."

„Perfekt", entgegnet Herr Meinert und zieht eine Visitenkarte aus seiner Anzugsjacke. „Rufen Sie morgen bei meiner Assistentin an und vereinbaren Sie einen Termin mit ihr. Planen Sie eine Übernachtung ein, Frau Hansen wird ein Hotel für Sie buchen, und bringen Sie bitte ihre Bewerbungsunterlagen mit."

„Sehr gerne. Vielen Dank Herr Meinert. Dann sehen wir uns nächste Woche."

„Ich freue mich. Und jetzt lassen Sie die junge Dame nicht länger warten." Herr Meinert deutet schmunzelnd auf Lena. Sie hat die ganze Zeit über neben Ben gestanden und gelangweilt umhergeschaut.

„Natürlich." Ben hakt sich beschwingt bei Lena ein und geht mit ihr zu dem für Lenas Familie reservierten Tisch.

„Du willst doch wohl nicht wirklich in Hamburg leben wollen?", fragt Lena.

„Wenn ich die Stelle bekomme, werde ich sofort umziehen."

„Aber darüber hast du mit mir überhaupt nicht gesprochen!"

„Das stimmt."

„Interessiert es dich gar nicht, ob ich in Hamburg wohnen möchte oder nicht?"

„Komm, wir holen uns etwas zu essen. Das Büffet sieht großartig aus und ich habe Hunger." Ohne auf ihre Frage zu antworten, steht er auf und geht.

Kapitel 12

Mitten in der Nacht schreckt Sarah aus dem Schlaf hoch. Irgendein Geräusch hat sie geweckt. Es war kein Auto, auch keine Stimmen von vorbeigehenden Passanten. Es war leiser und vor allen Dingen näher. Sarah sitzt aufrecht in ihrem Bett. Hellwach und mit klopfendem Herzen lauscht sie. Doch das Einzige, was sie hört, ist ihr eigener Herzschlag: Schnell und laut. Ansonsten ist es still.

Dann zuckt sie zusammen. Schritte im Wohnzimmer. Ihr Herz rast. Ein Einbrecher, schießt es ihr durch den Kopf. Sie kann nicht mehr atmen, die Angst schnürt ihr die Kehle zu. *Wie soll ich mich verhalten? Was soll ich tun? Die Polizei! Sie ist meine Rettung! Ich muss sie anrufen!*

Vorsichtig tastet Sarah nach ihrem Handy auf dem Nachttisch. Im Raum ist es stockfinster und sie greift immer wieder ins Leere. Verflixt. Sie hat es am Abend auf dem Küchentisch liegen lassen. *Ich sitze in der Falle.* Sarah zittert am ganzen Körper und zieht unwillkürlich die Bettdecke bis zur Nasenspitze hoch.

Soll sie sich unter der Decke verkriechen und hoffen, dass der Einbrecher nicht ins Schlafzimmer kommt? Oder soll sie durch das Fenster fliehen? Doch das Hochziehen der Jalousie würde ihn auf sie aufmerksam machen. Vielleicht würde er sie dann überfallen, fesseln, brutal niederschlagen oder sogar …

Dann besinnt sich Sarah. Sie muss gegen die Angst ankämpfen, darf sich ihr nicht ergeben. Die einzige Möglichkeit zu entkommen ist die Flucht durch die Wohnungstür. Sarah schwingt die Beine aus dem Bett, angelt mit den Füßen nach ihren Hausschuhen. Als sie sie endlich gefunden hat, geht sie mit zitternden Knien zur Schlafzimmertür. Diese hat sie am Abend nur angelehnt. Mit angehaltenem Atem schiebt sie vorsichtig die Tür auf. *Bitte nicht quietschen! Bitte nicht!* Dann betritt sie den kleinen Flur. Schritt für Schritt tastet sie sich vor. *Jetzt keinen Lärm verursachen. Bloß nirgendwo anstoßen oder gegentreten.*

Plötzlich erblickt sie den Schatten des Eindringlings auf dem Fußboden. Direkt vor ihr. Er ist immer noch im Wohnzimmer, bewegt sich hin und her. Dann ist er verschwunden. Sarah bleibt wie gelähmt stehen. In der Wohnung ist es totenstill. Hat er sie bemerkt und lauert hinter einer Tür? Oder ist er abgehauen?

Langsam geht Sarah weiter, gleitet mit ihren Filzschuhen beinahe lautlos über das Laminat. Der Flur führt an seinem Ende zur Wohnungstür und somit in den Hausflur. Dort wird sie schreien, so laut sie kann.

Ins Wohnzimmer fällt das Licht der Straßenlampe. Ihr bleibt die Luft weg. Auf dem Fußboden vor ihr ein bizarrer Schatten. Er wirkt bedrohlich, wie ein Rächer aus längst vergangener Zeit. Sarah atmet durch. Es ist die Silhouette der Skulptur aus ihrem letzten Afrikaurlaub. Ein kühler Windhauch lässt sie frösteln. Sie ist wütend. Wütend auf sich selbst. Warum hat sie am Abend den Rollladen vor der Terrassentür nicht herunter gelassen? Einen Augenblick verharrt sie und lauscht. Die Stille ist beängstigend. Vielleicht ist der Einbrecher tatsächlich verschwunden.

Ohne das Licht anzuschalten betritt Sarah das Wohnzimmer. Ein ungutes Gefühl überkommt sie. Schlimmer als ein materieller Schaden ist die Tatsache, dass ein Fremder in ihre Wohnung, ihre geschützte Privatsphäre, eingedrungen ist. Ihr läuft ein eiskalter Schauer über den Rücken, ihr Sicherheitsgefühl ist verschwunden.

Dann ein Geräusch. Irgendwo hinter ihr. Verdammt. Der Einbrecher ist also doch noch hier. Reflexartig greift Sarah zur schweren Kristallvase auf dem Sideboard links neben der Tür. In diesem Moment hört sie Schritte. Direkt hinter sich. Sie spürt den Atem des Eindringlings in ihrem Nacken. Sarah will um Hilfe rufen, doch der Schrei bleibt ihr im Halse stecken. Dann trifft sie ein heftiger Stoß in den Rücken. Sie verliert das Gleichgewicht, rudert mit den Armen und fällt nach vorne. Dabei prallt sie mit dem Kopf gegen ein Regal aus massiver Eiche und stürzt zu Boden. Die Vase zerbricht mit lautem Klirren auf dem Laminat. Die Scherben spritzen in alle Richtungen, piksen wie kleine Nadelstiche auf ihrer Haut. Ein Schatten läuft zur Terrassentür und verschwindet in der Dunkelheit.

Minutenlang verharrt Sarah regungslos am Boden. Ihre linke Schläfe brennt. Sie legt den Kopf auf die Arme und atmet ein paar Mal tief durch. Der Spuk ist vorbei.

Nach einer Weile rappelt sie sich vorsichtig auf, zieht sich langsam am Regal hoch, um sich nicht auf den Scherben abstützen zu müssen. Als sie zur Tür geht und das Licht einschaltet spürt sie, wie sich Glasscherben in die Sohlen ihrer Filzpantoffel bohren. Angstvoll blickt sie sich im Wohnzimmer um. Sie hat erst vor ein paar Monaten zwei neue Schränkchen und drei Regale aus Eiche gekauft. Doch außer der zu Bruch gegangenen Vase scheint nichts zerstört worden zu sein. Der Einbrecher hat weder Schubladen herausgerissen noch Dinge aus den Regalen zu Boden geworfen. Auch die schwarze Ledergarnitur ist unbeschadet. Lediglich die Terrassentür ist aufgehebelt und die weiße, luftige Gardine hat einen Riss. Auf den ersten Blick wurde nichts entwendet. Ihr Notebook liegt auf dem Couchtisch vor der Terrassentür, ebenso das Portmonee. Sie runzelt die Stirn. Warum hat der Einbrecher ihre Geldbörse mit 200 Euro und EC-Karte liegen lassen? Worauf hatte er es dann abgesehen?

Erst jetzt entdeckt Sarah, dass der linke Ärmel ihres Pyjamas blutrot gefärbt ist. Dass sie an der Schläfe blutet, hat sie gar nicht bemerkt. Egal. Verarzten kann sie sich später. Stattdessen geht sie in die Küche, um vom Handy aus die Polizei zu rufen. Auch hier ist nichts zerstört. Die Schubladen der weißen, modernen Schränke wurden ebenfalls nicht durchwühlt, die teuren Küchengeräte stehen noch an ihrem Platz. Als sie nach dem Smartphone auf dem Küchentisch greift, fällt ihr Blick auf etwas anderes direkt daneben. Etwas, das nicht von ihr stammt. Zögerlich nimmt sie es in die Hand und starrt es entsetzt an. Von einem Moment auf den anderen wird sie kreidebleich. Ihre Knie drohen zu versagen. Jetzt ist klar, dass es sich nicht um einen gewöhnlichen Einbrecher gehandelt hat. Sie lässt sich auf einen Stuhl fallen, nimmt ihr Handy und tippt eine Telefonnummer ein.

„Ich hoffe, du hast eine gute Begründung, warum du mich um 1.00 Uhr morgens anrufst", murmelt Ben mürrisch. Er fragt sich, warum er mitten auf diesem wichtigen Empfang ans Telefon gegangen ist.

„Du musst kommen. Sofort! Bei mir ist gerade eingebrochen worden!"

„Was hab ich damit zu tun? Ruf die Polizei", zischt Ben leise. Seine Stimme klingt gereizt.

„Das geht nicht. Der Einbrecher hat nichts gestohlen. Er hat etwas dagelassen."

„Drehen jetzt etwa alle durch? Hannah sieht eine Tote und du erzählst von einem Eindringling, der dir etwas gebracht hat?"

„Der Einbrecher hat eine Botschaft hinterlassen, die auch dich betrifft."

Wenige Minuten später trifft Ben bei Sarah ein. Wortlos reicht sie ihm den Zettel, den sie auf dem Küchentisch vorgefunden hat.

<Ich weiß, was damals passiert ist. Ihr werdet alle sterben.>, liest Ben tonlos vor. Der Satz ist mit krakeliger Handschrift geschrieben.

„Hannah hat recht. Die Vergangenheit holt uns ein", sagt Sarah leise und geht im Wohnzimmer auf und ab. Sie hat mittlerweile die Jalousie heruntergelassen, einerseits wegen der kaputten Terrassentür, andererseits, weil sie sich beobachtet fühlt.

Der sonst so souveräne zukünftige Staranwalt ist plötzlich still. Er wirkt nachdenklich, dreht und wendet das Stück Papier hin und her.

Nach einer Weile räuspert er sich. „Ich denke immer noch, dass es jemand aus Tims Umfeld ist, der sich an uns rächen will. Wie sollte derjenige herausbekommen haben, was tatsächlich passiert ist?"

„Vielleicht war es doch Miriam …"

„Wir müssen herausfinden, wer den Zettel geschrieben hat.

Hast du vielleicht einen Brief oder etwas anderes Handschrift-liches von Miriam und eventuell von Tim, damit wir die Schriften vergleichen können?"

Sarah überlegt. „Miriam hat mir zu Schulzeiten ins Poesiealbum geschrieben. Das müsste ich noch oben auf dem Speicherzimmer haben. Von Tim habe ich nichts."

„Okay. Such du morgen früh das Album, ich werde überlegen, wie wir an eine Schriftprobe von Tim kommen. Wir treffen uns in deiner Mittagspause auf dem Parkplatz am Aussichtsturm."

Sarah schaut Ben hinterher, als er zum Auto geht. Sie muss schnellstmöglich ihre Terrassentür reparieren lassen, damit ihr Freund keine Fragen stellt. Er würde sonst darauf bestehen, die Polizei zu rufen.

Kapitel 13

Nachdem Sarah den Rest der Nacht auf der Couch verbracht und kein Auge mehr zugemacht hat, geht sie im Morgengrauen auf den Speicher. In dem spartanisch eingerichteten Zimmer hat sie nach ihrem Einzug in die Wohnung Sachen abgestellt, die sie im täglichen Gebrauch nicht benötigt: Unterlagen aus Studienzeiten, Bücher, Schulsachen aus der Kindheit und vieles mehr. Zahlreiche Kartons stapeln sich an den Wänden, in den Schränken bewahrt sie abwechselnd Sommer- oder Winterkleidung auf.

Sarah schaut auf die Uhr. Bis zum Arbeitsbeginn hat sie noch zweieinhalb Stunden Zeit. Sie steigt auf einen Stuhl, nimmt den obersten Karton herunter und öffnet ihn. Sie niest, als der Staub der letzten Jahre aufgewirbelt wird.

Hierin befinden sich ausschließlich Kinderbücher. Sarah lächelt. Sie konnte sich schon immer schlecht von etwas trennen. Dann nimmt sie sich den nächsten vor. Dieser ist randvoll gefüllt mit Stofftieren: ihrem Lieblingsbären, ohne den sie früher nicht einschlafen konnte, einem Hündchen, einem Affen und vielem mehr. Erst mit dem darauffolgenden Karton hat sie Glück. In ihm liegen Fotoalben, Urkunden und das gesuchte Poesiealbum.

Sarah zieht das Bettlaken von ihrem alten Schaukelstuhl herunter, setzt sich hinein und schlägt das Album auf. Unwillkürlich lächelt sie, als sie die liebevoll gestalteten Seiten ihrer Schulfreundinnen betrachtet. Einige haben zu den Sprüchen etwas gemalt, andere haben Bildchen mit und ohne Glitzer eingeklebt. Sie liest die ersten Gedichte. Dann kommt sie zu einer schmucklosen Seite: ein unpassender Spruch, keine Verzierungen. Sie wusste nicht mehr, dass sie dieser Person damals das Album zum Hineinschreiben gegeben hat. Sarah hält inne und betrachtet die Schrift. Die Ähnlichkeit mit der auf dem Zettel ist verblüffend, immerhin muss man bedenken, dass inzwischen mehr als zehn Jahre vergangen sind und sie sich im Laufe der Zeit verändert haben kann.

Sofort schreibt sie Ben eine WhatsApp. „Du brauchst keine Schriftprobe von Tim zu besorgen. Ich habe eine. Wir sehen uns heute Mittag, wie besprochen."

Wo sie schon einmal hier ist, schaut sie sich noch die alten Fotoalben an. Sie und die Mitglieder ihrer damaligen Clique waren von der Grundschule an zusammen in einer Klasse gewesen. Sie hatten immer so viel Spaß. Es gibt Fotos von Schulfesten, Klassenfahrten, Stufenfeten und Geburtstagsfeiern. Sarah sieht sich alle Bilder genau an. Bei vielen Feten hat Miriam jedoch gefehlt, da ihre Eltern ihr verboten hatten hinzugehen. Sie fanden, dass sie zu jung dafür war. Auf der Stufenfahrt ihres Englischleistungskurses nach London einige Monate vor ihrem Verschwinden war sie jedoch dabei. Diese Fotos betrachtet Sarah noch genauer. Nachdenklich blättert sie Seite um Seite weiter. Dabei sticht ihr ein Detail immer wieder ins Auge. Eine Tatsache, die sie im Laufe der Zeit vergessen hat. Falls Miriam wirklich noch leben sollte, könnte diese Entdeckung entscheidend für ihren Aufenthaltsort sein.

In der Mittagspause eilt Sarah zum Aussichtsturm. Ben wartet bereits in seinem Auto auf sie und Sarah steigt zu ihm in den Wagen.

„Hier ist Tims Eintrag in meinem Poesiealbum und das ist der Zettel", sagt Sarah nachdem sie sich gesetzt hat und legt beides nebeneinander auf das Armaturenbrett.

Ben vergleicht die Schriften miteinander. „Du hast Recht. Da gibt es eine Ähnlichkeit. Wenn man berücksichtigt, dass ein paar Jahre dazwischen liegen, könnte es auf dem Zettel eine Weiterentwicklung sein."

„Das habe ich auch gedacht. Aber es kann nicht sein, weil Tim im Gefängnis sitzt."

„Das sehe ich anders. Es gibt zwei Möglichkeiten. Erstens könnte Tim den Zettel selbst geschrieben und ihn seinem Verwandten bei einem Besuchstermin heimlich zugesteckt haben. Zweitens könnte ein Verwandter von Tim seine Schrift nachgemacht haben, um uns ein Zeichen zu geben, dass er Tim rächen will."

„Ich habe jedoch noch etwas anderes entdeckt. Erinnerst du dich an Markus Heller? Er war ein Jahr älter als wir und unsere Englischleistungskurse sind damals zusammen nach London gefahren." Sarah zeigt ihm ein Foto, das Miriam und Markus vor der Tower Bridge zeigt.

„Ja, ich erinnere mich. Der war doch in Miriam verliebt."

Sarah lächelt. „Und sie in ihn. Das hat sie mir erzählt. Falls Miriam tatsächlich noch leben sollte, könnte sie zu ihm gezogen sein. So wäre sie der Strenge ihrer Eltern entkommen."

„Das ist alles ziemlich weit hergeholt und außerdem ist es Tims Handschrift." Ben ist skeptisch.

„Aber es wäre eine Möglichkeit. Die Schrift könnte Miriam

auch gefälscht haben, um den Verdacht auf Tim zu lenken. Markus ist nach dem Abi lange vor Beginn seines Studiums nach München gezogen. Sie könnte sich ein paar Wochen versteckt haben und ihm dann gefolgt sein."

„Ich weiß nicht. Ob Markus da mitgemacht hätte … Und außerdem, warum sollte sie uns dann umbringen wollen, wenn sie ihr Ziel erreicht hat?"

„Das weiß ich nicht."

„Wo wohnt Markus jetzt?"

Sarah zuckt mit den Schultern.

Ben seufzt. „Also gut. Ich spreche nochmal mit meinem Freund Peter, auch wenn ich nicht an diese Theorie glaube. Er soll versuchen, Markus zu finden und prüfen, mit wem er zusammenlebt."

Kapitel 14

Sarah atmet tief durch, als sie ihren Wagen auf dem Parkplatz vor dem Derichsweiler Hof in Nümbrecht abstellt. Einerseits freut sie sich, ihren Freund Stefan nach einer Woche Dienstreise wiederzusehen, andererseits fürchtet sie sich vor seinen Fragen.

Sie wollte um jeden Preis verhindern, dass er sie zuhause abholt und die noch nicht reparierte Terrassentür bemerkt. Deshalb hat sie vorgegeben, direkt von ihrer Schwester aus hierher zu kommen.

Sarah steigt aus dem Auto, überquert zügig den Parkplatz und betritt das Hotel. Sie geht an der Rezeption vorbei direkt ins Restaurant. Am Eingang hält sie kurz inne und lässt ihren Blick durch den Raum gleiten. Stefan sitzt an einem Vierertisch im großen Erker. Bisher haben sie bei jedem ihrer Besuche dort gesessen. Die zahlreichen Fenster lassen viel Licht herein und der rote Teppichboden und die warmen Holztöne des Mobiliars verströmen eine gemütliche Atmosphäre. Es ist ihr Lieblingsplatz und sie haben so manchen schönen Abend bei ausgezeichnetem Essen und Wein verbracht.

„Hallo Schatz", begrüßt Sarah ihren Freund mit gespielter Lockerheit und gibt ihm einen flüchtigen Kuss. Sarah kann ihm kaum in die Augen schauen, fühlt sich schäbig, weil sie ihn anlügen muss. Sie setzt sich an den Fensterplatz ihm gegenüber und stellt ihre Handtasche auf dem freien Stuhl neben sich ab.

„Was ist passiert?", fragt Stefan erschrocken, als er das Pflaster an der nur teilweise von ihren langen Haaren verdeckten Schläfe entdeckt.

„Ich bin im Wohnzimmer gestolpert und mit dem Kopf gegen ein Regal gestoßen. Das ist halb so wild", spielt Sarah die Verletzung herunter.

„Bist du beim Arzt gewesen?"

„Nein. Die Wunde hat nur ein bisschen geblutet."

„Vielleicht hast du eine Gehirnerschütterung! Du solltest das abklären lassen!"

„Es ist nur eine kleine Schramme. Kein Grund zur Sorge." In ihrer Stimme schwingt eine gewisse Schärfe mit. „Schade ist nur, dass dabei meine schöne Kristallvase zu Bruch gegangen ist."

In diesem Augenblick reicht ihnen der Kellner die Speisekarte. „Wissen Sie schon, was Sie trinken möchten?"

„Nehmen wir einen Rotwein?", fragt Stefan, während er die Karte aufschlägt.

„Ja, warum nicht." Sarah hofft, dass sie danach besser schlafen kann.

„Dann bringen Sie uns bitte beiden ein Glas trockenen Rotwein."

„Gerne", entgegnet der Kellner und verlässt den Tisch.

Sarah wirft einen Blick in die Speisekarte. Als sie die Auswahl an hervorragenden Gerichten durchliest, merkt sie, dass sie ziemlich ausgehungert ist. In den letzten Tagen hat sie kaum etwas gegessen, mal ein Brötchen oder etwas Obst. Eine warme Mahlzeit hat sie schon lange nicht mehr zu sich genommen.

„Hast du dir etwas ausgesucht?" Stefan schaut sie fragend an.

„Ich nehme wieder das Steak. Das esse ich am liebsten", entgegnet Sarah, schließt die Karte und legt sie neben ihren Teller. Dann schaut sie sich im Restaurant um. Mehrere Tische sind mit zwei Personen besetzt, an einer langen Tafel sitzt eine Gruppe von zehn Leuten.

„Ich schließe mich an und esse auch das Steak."

In diesem Moment bringt der Kellner den Wein. „Haben Sie schon etwas gewählt?"

„Ja, wir nehmen zwei Mal das Steak. Beide medium, bitte."

„Erzähl mal. Wie ist es in Zürich gelaufen?", fragt Sarah als der Kellner gegangen ist.

„Ich hatte dir ja gestern am Telefon schon erzählt, dass sich die Verhandlungen ziemlich zäh gestalteten, aber heute Morgen haben sie den Vertrag unterschrieben." Stefan strahlt.

„Glückwunsch! Das heißt, du musst jetzt öfter nach Zürich?"

„Ich denke, es reicht aus, wenn ich einmal in der Woche vor Ort bin und ihnen Zwischenergebnisse präsentiere. Ich würde dann morgens hin und abends zurück fliegen."

„Das klingt spannend. Schön, dass es geklappt hat." Sarah freut sich für ihren Freund. Seine Arbeit als Chefdesigner bei einem großen Modelabel bedeutet ihm sehr viel und dass er diesen Auftrag in der Schweiz bekommt, war ihm sehr wichtig.

„Vielleicht magst du dir mal einen Tag frei nehmen und begleitest mich. Dann kannst du dir Zürich ansehen und einen Einkaufsbummel machen. Was hältst du davon?"

Sarah überlegt. Das ist eine gute Idee, denn dann wäre sie einen Tag weniger Zielscheibe eines Irren und hätte zudem etwas Ablenkung. Am liebsten würde sie gleich morgen fahren.

„Sarah?"

„Wie bitte?"

„Ich habe dich gefragt, was du davon hältst!"

„Entschuldigung. Ich komme gerne mit. Vielleicht kannst du schon nächsten Freitag einen Besuch einplanen und wir bleiben bis Sonntag dort."

„Das ist kein Problem. Das können wir so machen. Aber jetzt freue ich mich erst einmal auf unsere Fahrt morgen nach Hamburg und das Musical."

Sarah fährt zusammen. Den Musicalbesuch hat sie völlig verdrängt. Gut, dass sie die beiden Urlaubstage schon vor zwei Wochen angemeldet hat.

„Hast du das vergessen?" Stefan sieht sie prüfend an. Seine Stimme klingt vorwurfsvoll.

„Nein, ich ...", stottert Sarah.

„Du hast unsere Reise vergessen." Jetzt hört er sich enttäuscht, fast schon traurig an. „Was ist los mit dir?"

Sarah blickt beschämt auf den Tisch. „Es tut mir leid, mir geht gerade so viel durch den Kopf. Andreas, ein früherer Schulfreund, ist ermordet worden!"

„Das ist ja schrecklich! Was ist passiert?"

„Spaziergänger haben ihn tot im größeren der beiden Hexenweiher gefunden. Er war gefesselt, mehr weiß ich nicht. Ich ..." Sarah verstummt, denn der Kellner bringt ihnen Brot mit Aufstrich. „Danke sehr."

Eine Weile schweigen beide und essen.

„Wart ihr früher eng befreundet?", fragt Stefan, nachdem er seinen Teller zur Seite gestellt hat.

Sarah nickt. „Wir waren eine Clique von sieben Leuten, alle aus meiner Klasse auf dem Gymnasium. Hannah gehörte auch dazu. Es ist der gleiche Freundeskreis, in dem auch Miriam war, die vor zehn Jahren verschwunden und vermutlich ermordet worden ist."

„Das ist erschreckend, dass innerhalb eines Jahrzehnts zwei deiner ehemaligen Freunde getötet werden."

„Ja, das …" Sarah hält erneut inne, denn der Kellner serviert das Essen und wünscht ihnen einen guten Appetit.

Schweigend isst Sarah ihr Steak. Es schmeckt wie immer ausgezeichnet.

„Sarah?"

„Hm?"

Stefan seufzt. „Gibt es schon einen Hinweis auf den Täter?"

Sarah schüttelt den Kopf und widmet sich wieder ihrem Essen.

Gott sei Dank, fragt Stefan nicht weiter nach.

„Es hat sehr gut geschmeckt, danke", lobt Sarah, als der Kellner schließlich die leeren Teller abräumt. Das Abendessen war wie immer ein Highlight.

Dann schaut sie auf ihr Handy. Es ist 19.00 Uhr. „Sei mir bitte nicht böse, aber ich bin müde. Ich habe in den letzten Tagen wenig geschlafen. Ich möchte gerne nach Hause fahren und früh zu Bett gehen, damit ich morgen ausgeruht bin."

„Kein Problem. Ich muss auch noch meinen Koffer ausräumen und einen neuen für morgen packen. Ich hole dich um 10.00 Uhr ab."

Kapitel 15

„Möchtest du einen Kaffee?" Als Sarah das ausgesprochen hat, fragt sie sich direkt, warum sie so nett zu ihm ist. Eigentlich hat sie früh zu Bett gehen wollen, aber das gelingt ihr nicht.

„Mit Milch und Zucker", entgegnet Ben.

Sarah seufzt und schüttelt kaum merklich den Kopf. Selbst nach seinem Jurastudium und seiner mehrjährigen Tätigkeit als Anwalt scheinen Bitte und Danke nach wie vor Fremdwörter für ihn zu sein. „Hast du deinen Freund gestern erreicht?", fragt sie, als sie die Kaffeemaschine eingeschaltet hat.

„Ja. Er wollte sofort mit der Recherche beginnen."

„Hoffentlich findet er schnell etwas heraus. Wir wissen nicht, wieviel Zeit uns bleibt, bevor der Mörder wieder zuschlägt. Oder die Mörderin."

„Ich habe ihm gesagt, dass die Zeit drängt. Er wird sein Bestes geben. Aber weshalb ich hier bin: Hast du die Telefonnummern von Michael und Kirsten? Ich kann sie in meinem Telefonbuch nicht finden."

„Es kann sein, dass ich sie in meinem Notizbuch stehen habe. Ich schaue kurz nach."

„Sonst muss ich …" Mitten im Satz hält Ben inne, denn es klingelt an der Haustür. Beide zucken zusammen und sehen sich erschrocken an. So, als hätte man sie bei einer Straftat erwischt.

„Es ist 20.00 Uhr. Erwartest du um diese Uhrzeit noch

jemanden?", fragt Ben.

„Nein. Und mein Freund hat einen Schlüssel." Sarah geht in die Küche und schaut aus dem Fenster. „So ein Mist. Da steht jemand zu dicht vor der Haustür. Ich kann nur den Rücken und die Beine sehen."

„Dann mach nicht auf." Ben entscheidet, wie immer.

Beide schweigen. Sie hoffen, dass derjenige wieder geht und nicht auf die Idee kommt, ums Haus herumzukommen und durch das Wohnzimmerfenster herein zu schauen. Doch es klingelt erneut, gleich drei Mal hintereinander.

„Ich sollte doch besser öffnen", seufzt Sarah. „Vielleicht ist es Hannah, die Hilfe braucht."

Ben verdreht die Augen. Wird Hannah nie erwachsen?

Schnellen Schrittes geht Sarah zur Tür. Als sie öffnet, weicht sie zurück. Mit diesem Besuch hat sie nicht gerechnet.

„Guten Abend Frau Keller", sagt Kommissarin Hauswald. „Ich denke, Sie erinnern sich noch an mich. Ich habe vor zehn Jahren im Fall Ihrer vermissten Freundin ermittelt."

„Ja, natürlich. Ich weiß, wer Sie sind", entgegnet Sarah und zupft nervös an einer Haarsträhne.

„Wie Sie vielleicht schon gehört haben, wurde Ihr Schulfreund Andreas Berthold vor drei Tagen ermordet aufgefunden. Ich möchte Ihnen deshalb ein paar Fragen stellen."

„Was wollen Sie wissen? Ich habe Andreas seit neun Jahren nicht gesehen, ich kann Ihnen nicht helfen", entgegnet Sarah abweisend.

„Darf ich herein kommen?"

Sarah tritt zögerlich zur Seite, lässt die Kommissarin vorbei und führt sie ins Wohnzimmer, wo Ben sich mittlerweile auf die Couch gesetzt hat.

„Ach, Herr Thorwald. Das trifft sich gut, dass Sie auch hier sind. Mit Ihnen wollte ich ebenfalls sprechen."

„Haben Sie Andreas' Mörder gefasst?", fragt Ben und lässt sich seine Aufgeregtheit nicht anmerken.

„Nein, das nicht. Aber wir haben etwas in seinem Auto gefunden, dass ich Ihnen beiden gerne zeigen möchte." Kommissarin Hauswald zieht eine durchsichtige Plastiktüte aus ihrer Jackentasche hervor, in der ein Stück Papier steckt.

Sarah schielt zu Ben hinüber. Dieser setzt eine unbeteiligte Miene auf. Seine Körpersprache strahlt eine große Portion Selbstbewusstsein aus. Er wirkt, als könne ihn nichts erschüttern. Sie wird etwas ruhiger. Gut, dass er da ist. Falls sie nicht weiß, was sie auf die Fragen der Kommissarin antworten soll, wird er mit Sicherheit die Initiative ergreifen.

Die Kommissarin reicht Sarah die Tüte. „Diesen Zettel haben wir im Handschuhfach von Andreas' Auto gefunden. Es stand am Straßenrand, da wo der Weg zu den Hexenweihern beginnt. Kommt Ihnen diese Handschrift bekannt vor?"

Sarah starrt wie hypnotisiert auf den Zettel. <Ich weiß, was ihr damals getan habt. Komm bei Einbruch der Dämmerung zum Hexenweiher, sonst werde ich der Polizei einen Hinweis geben. Zu niemandem ein Wort, oder deine Freundin wird dafür büßen.> Ihr wird schwarz vor Augen. Es ist die gleiche Schrift wie auf dem Zettel, den der Eindringling in ihrer Wohnung zurückgelassen hat. Auch, wenn es für sie klar war, dass es sich um einen Rachefeldzug handelt, ist der endgültige Beweis erschreckend. Krampfhaft versucht sich Sarah zusammenzureißen und nichts anmerken zu lassen. „Nein, tut mir leid. Ich kenne sie nicht."

Die Kommissarin sieht sie aufmerksam an. Sarah hat das

Gefühl, dass diese ihre Gedanken erraten kann. Sie rutscht auf ihrem Stuhl hin und her, kämpft gegen die aufsteigende Übelkeit an.

„Okay", entgegnet die Kommissarin und gibt die Plastiktüte an Ben weiter. „Was ist mit Ihnen?"

Ben nimmt die Tüte und wirft einen flüchtigen Blick auf den Zettel. Dann schüttelt er den Kopf und gibt sie zurück.

„Sie kannten Andreas doch gut. Was könnte der Verfasser der Nachricht gemeint haben?"

Ben zuckt mit den Schultern. „Keine Ahnung. Außerdem habe ich keinen Kontakt mehr zu ihm gehabt. Ich weiß nicht, was er in den letzten Jahren getrieben hat."

„Ich kann es mir auch nicht erklären", schließt sich Sarah an. Sie hat Angst, dass die Kommissarin ihnen nicht abnimmt, dass sie die Schrift noch nie gesehen haben.

„Die Person spricht davon, dass sie weiß, was damals passiert ist. Es stellt sich zunächst einmal die Frage, welcher Zeitpunkt mit damals gemeint ist. Kann es sich vielleicht um die Feier am Hexenweiher vor zehn Jahren handeln? Die Nacht, in der Ihre Freundin Miriam verschwunden ist?"

„Das kann ich mir nicht vorstellen", stammelt Sarah. „Ich wüsste nicht, was es da für einen Zusammenhang geben sollte."

„Ist Andreas Berthold wirklich den ganzen Abend mit Ihnen zusammen am Weiher gewesen? Oder ist er, nachdem Miriam gegangen ist, kurzzeitig verschwunden? Er könnte ihr gefolgt sein …"

„Nein, er war die ganze Zeit über bei uns. Aber das haben wir vor zehn Jahren bereits ausgesagt. Ich verstehe überhaupt Ihre Frage nicht. Miriams Mörder sitzt im Gefängnis. Außerdem hätte Andreas kein Motiv gehabt, ihr etwas anzutun. Er konnte sowieso keiner Fliege etwas zu leide tun." Bens Stimme war immer lauter geworden.

„Natürlich. Es war nur so ein Gedankengang. Aber es muss in der Vergangenheit ein Ereignis gegeben haben, aufgrund dessen der Verfasser der Botschaft Andreas so sehr gehasst hat, dass er ihn erschlägt, fesselt und anschließend in den Hexenweiher wirft. Er schien Andreas mit irgendetwas in der Hand gehabt zu haben. Gab es vielleicht einen anderen Vorfall, in den er verwickelt war?"

„Was weiß ich", entgegnet Ben unwirsch. „Wie gesagt, nach dem Abitur haben wir uns aus den Augen verloren. Er war Lehrer. Dass man sich bei diesem Job nicht immer Freunde macht, ist klar. Fragen Sie doch seine Kollegen. Wenn er beruflich in Schwierigkeiten gewesen ist, werden sie es mit Sicherheit wissen."

„In Ordnung, dann war es das erst einmal", sagt Kommissarin Hauswald und verabschiedet sich.

Sarah begleitet sie noch zur Tür und kehrt mit betretender Miene ins Wohnzimmer zurück, wo sich Ben ohne zu fragen ein Glas Whiskey eingeschüttet hat.

„Andreas wurde also erschlagen, bevor er ins Wasser geworfen wurde", sagt Sarah nachdenklich.

„Das ist vollkommen egal. Was für uns zählt ist, dass er gefesselt im Hexenweiher gefunden wurde", entgegnet Ben mürrisch.

„Ich hoffe, sie hat uns abgenommen, dass wir weder die Schrift kennen, noch wissen, warum jemand ihn getötet haben könnte. Sonst haben wir neben einem Irren auf Rachefeldzug noch ein ganz anderes Problem …"

Kapitel 16

Eine Stunde, nachdem Ben gegangen ist, klingelt es erneut bei Sarah an der Tür. Gerade hat sie sich einen Tee gekocht, das Fernsehen eingeschaltet und sich auf die Couch gelegt, denn sie fühlt sich ausgelaugt. Jetzt überkommt sie ein mulmiges Gefühl. Es ist 22.00 Uhr. Wer kommt um diese Uhrzeit noch vorbei? Andreas' Tod, Miriams vermeintliche Rückkehr und der Einbruch lassen sie nicht mehr zur Ruhe kommen. Sie fürchtet sich, die Tür zu öffnen, deshalb benutzt sie die Gegensprechanlage. Wieder ist es Ben.

„Was ist passiert?" Sarah spürt sofort, dass etwas nicht stimmt, als sie ihn hereinlässt.

„Mein Freund Peter hat mich gerade angerufen", flüstert er, als er an Sarah vorbei ins Wohnzimmer geht, sich auf einen Stuhl am Esstisch fallen lässt und mit den Händen durch die Haare fährt, so dass sie wirr nach allen Seiten abstehen.

„Nun sag schon! Was hat er herausgefunden?" Sarah setzt sich auf den Platz ihm gegenüber und schaut ihn erwartungsvoll an.

„Markus Heller lebt in Overath und ist verheiratet mit einer Pauline Stein. Peter ist dorthin gefahren und hat die beiden zusammen gesehen. Ich hatte ihm zuvor ein Foto von damals per Mail geschickt. Pauline ist definitiv nicht Miriam. Weder das Äußere noch die Größe passen."

„Das heißt aber nicht, dass Miriam damals nicht trotzdem bei ihm war. Nun gut. Vielleicht sollten wir wirklich davon ausgehen, dass sich Hannah die Begegnung mit Miriam nur eingebildet hat. Möglicherweise hat die Person ihr nur sehr ähnlich gesehen. Man sagt ja, jeder Mensch hat einen Doppelgänger."

„Meine Rede. Und wenn Miriam bei ihrer Familie aufgetaucht wäre, hätten die sowieso die Polizei informiert und wir hätten es erfahren. Aber Peter hat noch etwas anderes herausgefunden. Etwas sehr Beunruhigendes …" Ben macht eine Pause, fährt sich erneut mit den Händen durch die Haare.

„Ja?"

„Ja, also …ähm …"

„Jetzt mach es nicht so spannend. Raus damit", fordert Sarah ungeduldig.

„Tim ist aus dem Gefängnis ausgebrochen."

Sarah starrt Ben mit weit aufgerissenen Augen an. Sekundenlang sitzt sie bewegungsunfähig auf ihrem Stuhl. Dann springt sie auf und geht neben dem Tisch auf und ab. „Das kann nicht wahr sein! Wie konnte das passieren? Warum hat man nicht besser auf ihn aufgepasst?"

„Er wurde zu einer speziellen Untersuchung in ein Kölner Krankenhaus gebracht. Auf dem Weg zurück zum Auto ist er den Beamten entkommen. Seitdem ist er wie vom Erdboden verschluckt."

„Na prima, dann kann er überall sein! Er kann quasi vor dem Haus stehen und uns beobachten! Warum hat die Polizei uns nicht informiert?"

„Das weiß ich nicht."

„Wann war das genau?"

„Letzten Donnerstag. Also zwei Tage, bevor Andreas' Leiche gefunden wurde."

„Hat man Tim bei seiner Familie gesucht?", fragt Sarah.

„Natürlich, Familie und Freunde hat die Polizei befragt. Aber es gibt keine Spur."

„Mein Gott. Tim hat einen Rachefeldzug gestartet und wird nicht eher ruhen, bis wir alle tot sind. Ich habe eine verdammte Angst. Ich will nicht sterben!" Die Gewissheit, dass Tim der Mörder sein könnte, beunruhigt sie noch mehr.

„Sarah, du darfst jetzt nicht durchdrehen. Wir müssen ruhig bleiben und überlegen, was wir weiterhin unternehmen. Wir müssen ihn finden, bevor er uns findet. Es war klar, dass er eines Tages freikommen würde, spätestens dann hätte er sich rächen können. Jetzt ist das schon ein paar Jahre früher eingetreten."

Sarah sieht Ben mit funkelnden Augen an. „Sei still und hau ab. Dass wir in diese Situation geraten sind, ist allein deine Schuld."

Kapitel 17

Nach einer unruhigen Nacht fühlt sich Sarah am nächsten Morgen wie gerädert. Stundenlang hat sie sich im Bett hin und her gewälzt. Ihre Gedanken kreisten unentwegt um die Gefahr, in der sie schwebt. Wie kann sie sich schützen? Sollte sie vorübergehend zu Stefan ziehen? Doch dann würde sie ihn auch gefährden.

Als Sarah die Kaffeemaschine anstellt, fällt ihr Blick auf die mit kleinen Magneten an der linken Seite ihres Kühlschranks befestigten Eintrittskarten, Einladungen und Postkarten.

In zwei Stunden holt Stefan sie ab und sie werden nach Hamburg fahren, um sich heute Abend das Musical „König der Löwen" anzuschauen und anschließend dort übernachten. Wenn sie ehrlich ist, kommt es ihr gelegen, dass sie zwei Tage diesem Alptraum entfliehen kann. Vielleicht ist der Mörder bereits gefasst, wenn sie zurückkehrt.

Sie holt ihren Koffer vom Speicher und legt ihn im Schlafzimmer aufs Bett. Dann öffnet sie ihren 3,40 Meter breiten weißen Kleiderschrank, setzt sich auf die kleine Bank gegenüber und betrachtet den Inhalt der zahlreichen Fächer. Ein Kleid nach dem anderen nimmt sie in Augenschein. Es sollte schick, aber nicht zu festlich sein. Schließlich entscheidet sie sich für ein schwarzes Kleid mit kurzen Ärmeln und schwarzem Gürtel, das ihr bis zu den Knien reicht. Schlicht, aber elegant. Dazu schwarze Pumps mit breitem Absatz. Darüber hinaus packt sie eine Jeans, eine Bluse, Nachtwäsche und einige andere Dinge ein. Gerade als sie das Beauty Case füllen will, klingelt ihr Handy. Beim Blick auf das Display verzieht sie das Gesicht.

„Ja", meldet sie sich knapp.

„Ich brauche deine Hilfe." Hannah klingt aufgeregt.

Sarah atmet tief durch. „Was ist?", fragt sie gereizt.

„Ich brauche jemanden zum Reden."

„Es ist gerade sehr ungünstig. Können wir nicht morgen Abend reden?"

„Nein. Sonst ..."

Sarah seufzt. Sie möchte sich nicht ausmalen, was mit „sonst" gemeint ist. „Ich komme kurz vorbei. Ich habe allerdings nicht viel Zeit. Bis gleich."

Während sie mit dem Auto zu Hannah fährt, überlegt sie, ob sie Ben bitten soll, sich bis morgen Nachmittag um Hannah zu kümmern. Diese Idee verwirft sie jedoch schnell wieder. Er würde ihr drohen sich zusammenzureißen, wenn es ihr schlecht ginge, anstatt ihr gut zuzureden. Allerdings ist Sarah selbst an einem Punkt angekommen, wo sie Hilfe gebrauchen könnte, nach all dem, was sie mittlerweile weiß. Doch es gibt niemanden, der dafür in Frage käme: Hannah ist zu labil, Ben zu grob und ihr Freund darf nichts wissen. Stattdessen muss sie jetzt für zwei stark sein.

Mit düsterer Miene steigt sie vor Hannahs Haus aus dem Auto. Hannah öffnet bereits, als ihre Freundin auf die Haustür zukommt. Sofort entdeckt Sarah, was passiert ist.

„Mensch Hannah. Warum hast du das wieder getan?", fragt sie vorwurfsvoll, als sie die zahlreichen Schnitte an den Unterarmen der Freundin erblickt.

„Ich weiß es nicht. Der Schmerz hat mich von meinen Gedanken abgelenkt."

„Ist es wegen Andreas?"

„Ich habe die ganze Zeit die Bilder vor Augen, als ich Miriam das letzte Mal gesehen habe. Ich werde sie einfach nicht mehr los."

„Wie wäre es, wenn du für ein paar Tage deine Eltern besuchst? Oder deine Schwester?"

Hannah schüttelt den Kopf.

„Aber du wärst in einer anderen Umgebung und hättest etwas Abstand von Nümbrecht. Und von Andreas' Tod." Sarah fühlt sich überfordert, schließlich ist sie keine Psychologin. Wie geht man mit depressiven Menschen in solch einer Situation um? Sie kann nur versuchen, ihrer Freundin einen Rat zu geben, von dem sie denkt, er würde helfen.

„Warst du schon bei deinem Arzt?"

„Nein. Mein nächster Termin ist erst übermorgen. Aber das hilft doch sowieso nicht. Ich kann ihm ja nicht sagen, was mich belastet."

„Ich bin jetzt für zwei Tage in Hamburg. Stefan hat mir einen Musicalbesuch geschenkt."

Hannahs Augen weiten sich. „Nein. Das geht nicht. Wenn irgendetwas ist, mit wem soll ich dann reden?"

„Wenn ich morgen Abend zurück bin, schaue ich sofort wieder bei dir vorbei. In Ordnung?"

„Nein, bitte bleib hier", bettelt Hannah und beginnt zu weinen. Sarah seufzt. Sie weiß, dass sich Hannah jetzt noch mehr in die Sache hineinsteigert und ihr Zustand immer schlimmer wird. Sie kann nicht riskieren, dass Hannah durchdreht und irgendetwas Unüberlegtes tut. Schweren Herzens nimmt sie ihr Handy und geht in die Küche.

„Hallo Schatz", meldet sich Stefan. „Hast du deinen Koffer

schon gepackt?"

„Nein. Ich …", stammelt sie. Wie soll sie es ihm beibringen?

„Ich bin bei Hannah."

Stille.

„Das ist nicht dein Ernst!" Stefans Stimme klingt, als wäre er kurz davor, die Fassung zu verlieren.

„Doch. Ich kann nicht mit euch fahren. Ich muss bei ihr bleiben, es geht ihr ziemlich schlecht. Bitte versteh das. Sie ist schließlich meine Freundin. Es tut mir leid."

„Nein Sarah. Das verstehe ich nicht. Wir sind seit fünf Jahren zusammen. Und permanent ist irgendetwas mit Hannah. Ständig musst du dich um sie kümmern. Aber jetzt haben wir Karten für ein Musical und eine Übernachtung in Hamburg gebucht. Was, nebenbei erwähnt, nicht ganz billig war. Wir haben uns beide darauf gefreut. Sie wird wohl zwei Tage ohne dich auskommen. Außerdem, was soll ich Anna und Nico sagen? Sie sind unsere besten Freunde. Wir wollen doch mit ihnen zusammen etwas unternehmen."

„Ich weiß, dass das sehr kurzfristig ist", entgegnet Sarah zerknirscht. „Was soll ich denn machen?"

„Du? Nichts! Ihre Familie soll in der Zeit nach ihr schauen." Stefans Stimme ist im Laufe des Gesprächs immer wütender geworden.

„Das geht nicht. Es tut mir wirklich leid Stefan."

Stille.

„Weißt du was Sarah? So stelle ich mir eine Beziehung nicht vor. Ich habe in den letzten Jahren genug Geduld gehabt, wenn du mal wieder zu Hannah gefahren bist und ich allein auf eine Feier gegangen bin. Es ist besser, wenn wir uns trennen."

„Stefan, so …"

Aber das hört er nicht mehr. Er hat schon aufgelegt.

Sarah schlägt die Hände vors Gesicht. Ihre Augen füllen sich mit Tränen. Verdammt. Was hat sie nur getan? Insgeheim weiß sie, dass Stefan Recht hat. Doch sie kann ihm nicht erklären, warum Hannah nur mit ihr reden kann und nicht mit ihrer Familie oder einem Therapeuten. Allerdings sieht Sarah ein, dass es so nicht mehr weitergehen kann. Wenn sie Stefan zurückgewinnen will, muss sie eine Lösung für das Problem Hannah finden.

„Ist alles in Ordnung?", fragt Hannah, als Sarah ins Wohnzimmer zurückkehrt. „Du bist so blass!"

„Ja, ja. Alles in Ordnung", entgegnet sie abwesend. Wieder einmal wird ihr klar, dass sie durch die tragische Geschichte mit ihren einstigen Schulfreunden immer verbunden sein wird.

Kapitel 18

Zur selben Zeit, als Sarah das Auto auf dem Stellplatz vor ihrem Haus parkt, hält Bens Geländewagen auf der gegenüberliegenden Straßenseite. Sarah stöhnt auf und legt den Kopf aufs Lenkrad.

Am liebsten würde sie sich ins Bett legen, die Decke über den Kopf ziehen und nichts mehr sehen und hören. Einfach schlafen, bis Tim gefasst ist.

„Was willst du so früh am Morgen?", fragt sie unwirsch, als sie aus dem Wagen steigt und Ben gerade die Straße überquert.

Ihr ehemaliger Schulfreund antwortet nicht. Stattdessen hakt er sich bei ihr ein und zieht sie Richtung Haustür. Drinnen geht er schnurstracks in die Küche, nimmt sich eine Tasse aus dem Regal, macht sich einen Kaffee am Automaten und setzt sich an den Tisch. Sarah verdreht die Augen. Ben ist nicht nur arrogant, sondern auch dreist. Und nach dem, was heute Morgen bereits vorgefallen ist, ist er der letzte, den sie jetzt sehen möchte.

„Ich glaube, ich weiß wo Tim sich versteckt hält", berichtet Ben angespannt.

Sarah wird gleichzeitig heiß und kalt. „Wo?"

„Erinnerst du dich an die Holzhütte in dem Waldgebiet zwischen Homburg-Bröl und der Straße nach Schloss Homburg?"

„Die sein Großvater gebaut hat?"

„Genau die."

„Wie kommst du darauf?"

„Als er uns früher bestohlen und erpresst hat, hat er dort immer seine Beute versteckt. Ich bin ihm damals einmal heimlich gefolgt."

Sarah runzelt die Stirn. „Stimmt, daran habe ich gar nicht mehr gedacht. Wenn er tatsächlich hierher zurückgekommen ist, macht das Sinn. Er kann schließlich nicht bei seiner Familie oder Freunden unterkommen, da er weiß, dass man ihn dort zuerst suchen würde. Außer der Familie und uns kennt niemand die Hütte. Du hast sie ja nur durch Zufall entdeckt und das weiß Tim nicht."

„Genau. Deshalb werden wir beide ihn heute Abend dort besuchen", entscheidet Ben.

„Das ist viel zu gefährlich. Wir sollten besser die Polizei verständigen!"

„Auf keinen Fall! Dann rücken wir wieder in den Fokus der Kommissare."

„Aber was willst du tun, wenn wir Tim tatsächlich dort antreffen? Ihn umbringen?"

„Vielleicht."

„Du bist verrückt."

„Möglicherweise hat er aber auch einen Unfall. Wer weiß. Fest steht, wenn wir nichts unternehmen, wird er uns alle töten. Einen nach dem anderen. Ist dir das lieber?"

Sarah schaut betreten zu Boden. Eine andere Lösung hat sie auch nicht. „Natürlich nicht."

„Uns wird nichts passieren, vertrau mir."

Bei Einbruch der Dämmerung holt Ben Sarah von zu Hause ab. Wortlos steigt sie in seinen Geländewagen. Er gibt Gas und Sarah wird in den Sitz gedrückt. Beide schweigen, während sie Nümbrecht in Richtung Homburg-Bröl verlassen.

Nach kurzer Fahrt parkt Ben den Wagen an der Straße zwischen Homburg-Bröl und Bierenbachtal. Von hier aus müssen sie zu Fuß weitergehen. Ben lehnt sich zu Sarah hinüber und öffnet das Handschuhfach.

Sarahs Augen weiten sich vor Entsetzen. Sie kann nicht glauben, was sie sieht. „Woher hast du die Pistole?"

„Die habe ich mir vor einiger Zeit besorgt. Als Anwalt hat man schon mal eine spezielle Klientel. Und bevor ich mich abknallen lasse, verteidige ich mich." Ungerührt steckt er die Waffe in die Innentasche seiner Jacke.

Zögerlich steigt Sarah aus und schließt die Autotür hinter sich. Sie fühlt sich unwohl. Worauf hat sie sich nur eingelassen? Doch Ben lässt ihr keine Zeit zum Nachdenken. Er geht mit schnellen Schritten voraus, sie stolpert hinterher. Ben nimmt keine Rücksicht darauf, ob Sarah seinem Tempo folgen kann. Er dreht sich nicht einmal um. Im Laufschritt hetzt sie hinter ihm her, kämpft mit tiefhängenden Ästen und Wurzeln auf dem Waldboden. Bereits nach kurzer Zeit keucht sie. Es rächt sich, dass sie schon länger nicht mehr Joggen gewesen ist. Sie gehen tiefer und tiefer in den Wald hinein. Sarah fühlt sich beobachtet, als hätte der Wald tausend Augen. Sie vermutet Tim hinter jedem Baum und malt sich aus, dass er sie schon erwartet und nur darauf lechzt, sie zu töten. Plötzlich bleibt Ben abrupt stehen.

„Wir sind da", flüstert er.

Ungefähr hundert Meter vor ihnen liegt die aus dunkelbraunem Holz gebaute Hütte mit zwei kleinen Fenstern neben der Tür. Sie sieht verwittert aus. Vermutlich hat sich nach dem Tod des Großvaters niemand mehr um sie gekümmert.

Ben schaut sich in alle Richtungen um. „Wir gehen noch ein Stück nach links und schleichen uns dann vorsichtig von der Rückseite an. Dort gibt es kein Fenster." Dann holt er seine Pistole aus der Jackentasche hervor und entsichert sie.

„Muss das wirklich sein? Was ist, wenn sich versehentlich ein Schuss löst?"

„Keine Sorge, ich kann mit einer Waffe umgehen. Und jetzt hör auf zu jammern."

Sarah zittert am ganzen Körper. Hat Ben mit seiner Vermutung recht? Nutzt Tim die Hütte tatsächlich als Versteck? Was passiert, wenn Tim sie zu früh bemerkt? Ist er ebenfalls bewaffnet?

Nachdem sie die Rückseite erreicht haben, gehen sie vorsichtig über die linke Seite zur Tür. Beide Fenster sind mit Schlagläden verschlossen. Sarahs Herz klopft bis zum Hals. Plötzlich ein schleifendes Geräusch. Es kommt von rechts neben der Hütte. Ben dreht sich reflexartig um und schleicht mit schussbereiter Waffe um die Ecke herum. Sarah geht in die Hocke, legt den Kopf auf die Oberschenkel und schlingt die Arme um die Knie. *Ich will nicht mit 28 Jahren sterben! Ich will noch so viel erleben!* Sie rechnet damit, dass jeden Augenblick ein Schuss fällt. Doch es bleibt still und Ben kehrt zurück.

„Ein Rehbock hat sein Geweih an der Hauswand gerieben", flüstert er.

Sarah atmet durch. Die Anspannung löst sich und sie richtet sich wieder auf.

Dann ergreift Ben die Klinke und öffnet die Tür mit einem Ruck, die Waffe nach vorne gerichtet. Mit einer Taschenlampe leuchtet er den kleinen Raum aus. Kurz darauf lässt er die Pistole sinken.

„Es ist niemand da", sagt er und geht hinein.

Sarah blickt sich nach allen Seiten um, dann folgt sie ihm ins Innere der Hütte. Es riecht muffig, modrig, als wäre seit Jahren nicht mehr gelüftet worden. Wasserflaschen, Kekse und Obst liegen auf einem kleinen Holztisch. Davor steht ein ziemlich abgenutzter Stuhl. An einer Wand befindet sich ein einfaches Holzgestell, auf dem ein blauer Schlafsack liegt. Doch einen Hinweis auf die Identität der sich hier versteckt haltenden Person finden sie nicht.

„Es ist Tims Versteck. Ich spüre das", sagt Sarah tonlos.

„Ihr Frauen mit eurer Intuition. Ich brauche Beweise, damit ich das glaube", schnaubt Ben verächtlich und verlässt die Hütte.

Sofort zieht etwas auf dem Boden unter einem kleinen Strauch Bens Aufmerksamkeit auf sich. Er kniet nieder und entdeckt mehrere Zigarettenstummel.

„Die liegen noch nicht lange hier. Es ist die gleiche Marke, die Tim früher geraucht hat."

„Wir müssen weg, bevor er zurückkehrt. Dann informieren wir die Polizei", sagt Sarah und schaut sich erneut um. „Wenn Tim uns entdeckt, bringt er uns um. Vielleicht lauert er uns sogar schon irgendwo auf und überfällt uns auf dem Rückweg."

„Nein! Wir werden so lange warten, bis er zurückkommt", bestimmt Ben.

„Was willst du tun, wenn er tatsächlich auftaucht? Ich lasse nicht zu, dass du ihn erschießt!"

Ben schweigt.

„Du hast also keinen Plan. Somit bleibt ja wohl nur die Möglichkeit, die Polizei einzuschalten", resümiert Sarah und wendet sich zum Gehen.

„Ich habe dir gesagt, dass wir warten", zischt Ben in einem Ton, der keinen Widerspruch duldet.

Sarah bleibt stehen und dreht sich um. „Du hast mir überhaupt nichts zu sagen, du Arschloch." Dann geht sie weiter.

Ben folgt ihr, greift nach ihrem Arm und reißt sie hart herum. Seine Augen funkeln. „Du tust, was ich dir sage. Klar?"

Sarah schluckt. Sie fürchtet sich vor ihm, vor seinem Jähzorn und den Drohungen. Hier in der Abgeschiedenheit ist sie ihm ausgeliefert …

„Schon gut. Ich bleibe. Und jetzt nimm deine Finger weg", schimpft sie.

Ben lässt sie unvermittelt los und geht auf eine kleine Tannenschonung zu. „Wir verstecken uns im Unterholz. Dort sind wir geschützt und haben einen guten Blick auf die Hütte."

Sarah folgt ihm widerwillig zu einem umgestürzten Baum, dessen riesige Wurzel regelrecht aus dem Boden gerissen worden ist. Sie gibt ihnen Deckung.

„So ein Mist!", denkt sich die Gestalt, die Ben und Sarah aus sicherer Entfernung beobachtet. Sie wollte gerade zu ihrem Unterschlupf zurückkehren, als sie die beiden noch rechtzeitig vor der Hütte entdeckt hat.

Sie hat nicht damit gerechnet, dass Sarah und Ben die Hütte kennen. Wo soll sie jetzt hin? Hierbleiben kann sie auf keinen Fall, denn die Schulfreunde werden wiederkommen und

warten. Doch sie hat keine Möglichkeit, irgendwo unterzu-
kommen. Echte Freunde hat sie nicht, bei der Familie ist es zu
unsicher. Sie will aber wenigstens ihren Schlafsack und das
Essen holen, bevor sie sich ein anderes Versteck sucht.

Lange hockt sie hinter einem dicken Baum. Bis es stockfinster
ist. Doch die Warterei hat einen positiven Nebeneffekt. Der
Wind steht so günstig, dass sie das Gespräch der beiden mit
anhören kann.

„Es hat keinen Zweck mehr, Ben. Lass uns gehen. Vielleicht
hat er uns gesehen und kehrt deshalb nicht zurück", sagt Sarah
und schaut auf ihr Smartphone. Es ist 22.00 Uhr. Sie will endlich nach Hause.

„Ich sage meiner Sekretärin Bescheid, dass sie morgen alle
Termine absagt. Dann werde ich die Hütte weiter beobachten.
Morgen Abend um 20.00 Uhr treffen wir uns mit Michael und
Kirsten am Aussichtsturm, um sie über alles ausführlich zu informieren. Sprich du mit Hannah. Ich werde Michael gleich
von zuhause eine WhatsApp schicken, ich habe ihn bisher
noch nicht verständigt. Er soll dann Kirsten Bescheid sagen
und sie morgen mitbringen."

Schweigend folgt Sarah Ben im Schein der Handylampe zurück zum Auto. Im spärlichen Licht ist es schwer, Hindernisse
auf dem Boden zu erkennen. Der Rückweg dauert doppelt so
lange wie der Hinweg.

„Ich werde Peter auf die einzelnen Mitglieder von Tims Familie ansetzen. Er soll versuchen herauszufinden, ob er sich bei
ihnen per Telefon meldet", sagt Ben, als sie endlich im Auto
sitzen und zurück nach Nümbrecht fahren. „Gibt es außer Eltern, Bruder, Onkel, Tante und zwei Cousins noch weitere

Verwandte?"

Sarah überlegt. „Ich glaube, er hat noch eine Cousine. Deren Eltern sind vor ein paar Jahren bei einem Autounfall ums Leben gekommen."

„Stimmt. Ich erinnere mich. Dann werde ich das an Peter weitergeben."

Im Wald huscht die Gestalt in die Hütte, um ihre Sachen zu holen. Sie freut sich, dass sie das Gespräch im Wald mitbekommen hat und weiß schon, was sie als nächstes unternehmen wird.

Kapitel 19

Kirsten spürt sofort, dass etwas nicht stimmt, als Michael früh-
morgens an ihrem Arbeitsplatz in der Filiale einer großen
Bank in der Kölner Innenstadt erscheint. Fast neun Jahre haben sie sich nicht gesehen. In seinem dunkelblauen Anzug,
dem weißen Hemd und der lila Krawatte erweckt er den Eindruck eines Mannes, der Karriere gemacht hat. Soweit sie
weiß, arbeitet er als Abteilungsleiter im Rechnungswesen eines mittelständischen Unternehmens. Das hat sie in einer
Fachzeitschrift gelesen.

Mit besorgtem Gesichtsausdruck und schnellen Schritten
kommt er zielstrebig durch den mit modernen, glänzenden Bo-
denfliesen und vielen Glastrennwänden ausgestatteten Schal-
terraum zu ihr an den Schreibtisch.

„Was machst du denn hier?", fragt Kirsten erstaunt.

„Ich muss mit dir reden, es ist wichtig."

„Was ist passiert?", fragt sie tonlos.

Michael schaut zu ihren Kollegen links und rechts hinüber.
Diese sind in Kundengespräche verwickelt und bekommen
von seinem Besuch nichts mit. Dann setzt er sich auf einen
Stuhl vor ihren Tisch und berichtet Kirsten leise von Andreas'
Tod, wo und in welchem Zustand man ihn gefunden hat, und
von Tims Flucht nach einem Krankenhausbesuch. Kirsten
weicht von einer Sekunde auf die andere die Farbe aus dem
Gesicht. „Mein Gott! Ich habe gewusst, dass uns die alte Geschichte irgendwann einholen wird. Ich habe es gewusst",

stammelt sie leise. Verstohlen blickt sie zu ihren Kollegen. Sie hat das Gefühl, alle könnten ihr ansehen, welches Geheimnis sie hütet.

„Du musst dich zusammenreißen. Ben hat für heute Abend um 20.00 Uhr ein Treffen am Aussichtsturm angesetzt. Wann hast du Feierabend? Dann hole ich dich ab und wir fahren zusammen nach Nümbrecht."

„Ben!", lacht sie verächtlich. „Ich habe gehofft, dass ich ihn nie wieder sehen würde. Aber dieser Wunsch wird sich wohl nicht erfüllen. Nach Geschäftsschluss habe ich einen Termin in Overath. Der dauert ungefähr bis 19.00 Uhr. Ich komme direkt von dort nach Nümbrecht."

„Mir wäre es auch lieber, ihm nicht mehr zu begegnen, aber ich denke, wir sollten hinfahren, um über die potentielle Gefahr zu sprechen."

Kirsten nickt stumm.

„Bis später", sagt Michael und wendet sich zum Gehen. Dann hält er noch einmal inne und dreht sich um. „Es war übrigens schön, dich wiederzusehen." Ein leichtes Lächeln huscht über sein Gesicht. Mit ihrer Hochsteckfrisur und dem schwarz-weißen Kleid sieht sie wirklich hübsch aus.

Kirsten lächelt ebenfalls. „Bis später." Sie sieht ihm hinterher, bis er die Bank verlassen hat. Wären sie heute vielleicht verheiratet, wenn sich ihre Wege nicht getrennt hätten?

Während der Fahrt quer durch Köln zu seinem Büro trommelt Michael unentwegt mit den Fingern auf das Lenkrad. Der Tod von Andreas und die Ereignisse von damals gehen ihm nicht mehr aus dem Kopf. Bis heute hat er alles erfolgreich verdrängt: Er ist glücklich mit einer Schwedin verheiratet, die er beim Studium kennengelernt hat, hat eine kleine Tochter, einen gutbezahlten Job und ist mit seinem Leben zufrieden. Aber wäre es alles anders gekommen, wenn es das Unglück nicht gegeben hätte? Wäre er jetzt mit Kirsten verheiratet? Er war als Jugendlicher lange Zeit heimlich in sie verliebt, hatte sich jedoch nie getraut, es ihr zu gestehen. Und dann war es zu spät. Nach dem schrecklichen Ereignis trennten sich die Wege der Freunde. Doch Michael ahnt zu diesem Zeitpunkt nicht, dass sie bald wieder vereint sein werden …

„Kirsten! Wer war denn dieser gutaussehende, sportliche junge Mann?", fragt plötzlich eine Kollegin in ihre Gedanken hinein.

Kirsten seufzt. „Das war Michael, ein früherer Schulkamerad", entgegnet sie und versucht sich ihre Aufgeregtheit nicht anmerken zu lassen.

„Wirklich nur ein Schulkamerad oder war da mehr?", hakt ihre Kollegin grinsend nach.

„Ich muss dich leider enttäuschen. Wir waren lediglich gute Freunde." Kirsten schaut betrübt auf ihren Schreibtisch. Wie sehr hat sie sich damals gewünscht, dass aus ihnen ein Paar werden würde.

„Ja, ja. Dafür scheint er dich aber ganz schön aus dem Konzept gebracht zu haben. Du wirkst so abwesend."

„Das bildest du dir nur ein. Mit mir ist alles in Ordnung."

Nach Michaels Besuch kann sich Kirsten nicht mehr auf ihre Arbeit konzentrieren. Bei Auszahlungen an Kunden verzählt sie sich mehrmals, im Computer gibt sie zwei Mal das falsche Passwort ein und als sie sich einen Kaffee am Vollautomaten holen will, vergisst sie eine Tasse unterzustellen. Alle paar

Minuten schaut sie auf ihre Armbanduhr. Die Zeit bis zu ihrem Termin und dem anschließenden Feierabend vergeht einfach nicht.

Was ist wohl aus Sarah und Hannah geworden? Seit sie nach dem Abitur direkt nach Köln gezogen war, hat sie von beiden nichts mehr gehört. Eigentlich schade um die Freundschaft zu ihnen. Sie haben sich immer gut verstanden, zusammen gelernt und ihre Freizeit gemeinsam verbracht. Deshalb überkommt sie eine leise Freude, die beiden wiederzusehen. Vielleicht schweißt sie das erneute Unglück wieder enger zusammen. Schließlich waren sie alle drei Opfer. Trotz aller Widrigkeiten ist Kirsten ihren Weg in Köln gegangen. Sie hat studiert und seit ein paar Jahren einen gut bezahlten Job in einer renommierten Bank. Nach zwei längeren Beziehungen ist sie zurzeit Single, aber auch das wird sich irgendwann wieder ändern. In den vergangenen neun Jahren hat sie ihre Eltern in Spreitgen lediglich vier oder fünf Mal besucht, um nicht ständig an damals erinnert zu werden. Sie haben es verstanden und sie nie gedrängt. Stattdessen sind sie zu ihr nach Köln gekommen. Hier in der Großstadt hat Kirsten genügend Abstand gehabt und so ein relativ normales Leben geführt. Bis heute.

Selbst bei ihrem Termin in Overath schaut Kirsten immer wieder auf die Uhr und ist erleichtert, als sie endlich Richtung Oberberg aufbrechen kann. Sie fährt über die A4, passiert Wälder, Wiesen und kleine Orte. Sie hat ganz vergessen, wie schön das Oberbergische Land ist. An der Abfahrt Gummersbach verlässt sie die Autobahn und folgt der Straße nach Wiehl. Sie passiert die Tropfsteinhöhle, die sie als Kind mit ihren Eltern besucht hat, und erinnert sich an den Wildpark in Hübender. Je näher sie Nümbrecht kommt, desto stärker stellt sich ein Gefühl von Heimat ein. Die kleinen Dörfer mit ihren Fachwerkhäusern, der Adventsmarkt auf Schloss Homburg und der Aussichtsturm in Nümbrecht mit Blick auf das Homburger Land, all das hat sie vermisst. Hinter Bierenbachtal biegt sie bei der zweiten Abfahrtmöglichkeit links Richtung Nümbrecht ab und sofort wieder links in die kleine Straße nach Spreitgen, wo seit einigen Jahren ihre Eltern wohnen. Bei ihnen wird sie nach dem Treffen zu Abend essen. Jetzt will sie lediglich ihr Auto dort abstellen.

Der schmale Weg führt zunächst durch ein Waldstück. Er ist kaum befahren und um diese Uhrzeit wird ihr wahrscheinlich niemand begegnen. Hier hat sie als Kind oft mit ihren Freunden im Wald gespielt. Jetzt wirkt alles bedrohlich auf sie. Direkt nach dem Abbiegen erblickt sie im Rückspiegel einen Motorradfahrer. Kurz darauf überholt er sie und schert knapp vor ihr wieder ein. Kirsten schüttelt den Kopf. Idiot! Wenig später, auf dem letzten Abschnitt, bevor die Straße einen scharfen Bogen nach rechts Richtung Spreitgen macht, tritt sie abrupt auf die Bremse. Der Schreck fährt ihr in alle Glieder.

„Oh nein", murmelt sie.

Das Motorrad liegt auf der rechten Seite im Straßengraben, der Fahrer in schwarzer Lederkombination mitten auf der Straße. Er bewegt sich nicht mehr.

Hoffentlich ist er nicht tot! Ich muss erste Hilfe leisten! Kirsten springt aus dem Auto und läuft zu dem Verunfallten.

Sie kniet neben dem Fahrer nieder und rüttelt ihn an der Schulter. „Hallo! Können Sie mich hören? Hallo!"

Sie vernimmt ein leises Stöhnen.

„Hallo! Hallo! Haben Sie Schmerzen?"

„Es geht", stöhnt die Person undeutlich unter dem Helm, richtet sich mühsam auf und bewegt Arme und Beine „Ich glaube, es ist nichts gebrochen."

„Soll ich trotzdem einen Krankenwagen rufen?"

„Nein! Keinen Krankenwagen! Es ist halb so wild. Helfen Sie mir bitte auf."

Kirsten greift den Fahrer unter den rechten Arm und zieht ihn hoch. Dann klappt die Person das Visier hoch. Kirsten taumelt ein paar Schritte zurück. Diese Augen kommen ihr bekannt vor. Obwohl sie sie im Augenblick nicht eindeutig zuordnen kann, erzeugt dieser Anblick ein Frösteln. „Wenn es Ihnen gut geht, fahre ich weiter."

„Warten Sie." Langsam zieht die Person den Helm ab.

Kirstens Augen weiten sich vor Entsetzen. Ungläubig starrt sie ihr Gegenüber an.

„Das kann nicht sein! Nein, das ist unmöglich!", flüstert sie. Dann versagt ihre Stimme.

Die Person kommt ein paar Schritte auf sie zu. Kirsten weicht Stück für Stück zurück. Wie hypnotisiert schaut sie dabei ihr Gegenüber an. Sie ist nicht in der Lage zu fliehen. Dann erhebt die Person ihre rechte Hand. Kirstens Hilfeschrei bleibt ihr im Halse stecken.

Kapitel 20

Ben tritt von einem Fuß auf den anderen und zieht dabei hektisch an seiner Zigarette. Mittlerweile ist es die vierte.

„Wo bleibt Kirsten? Sie ist schon eine Viertelstunde zu spät." Seine Stimme klingt gereizt, denn er hat den ganzen Tag damit verbracht, die Waldhütte zu beobachten. Doch ohne Erfolg. Tim schien gewarnt zu sein.

„Sie wollte von Overath aus direkt hierher kommen. Vielleicht steckt sie im Stau auf der A4. Ich ruf sie an", sagt Michael und sucht ihre Nummer im Telefonbuch seines Handys. Diese hat er seit Schulzeiten gespeichert und weiß, dass sie sich seitdem nicht geändert hat. „Mailbox", murmelt er nach einigen Sekunden.

„Hoffentlich ist ihr nichts passiert", bemerkt Hannah und schaut betreten von einem zum anderen.

„Davon gehen wir erst einmal nicht aus. Vielleicht hat ihr Termin länger gedauert", entgegnet Sarah. „Wahrscheinlich wird sie jeden Moment auftauchen."

Die Freunde warten. Während Michael mit Sarah und Hannah darüber redet, wie sich ihr Leben in den letzten neun Jahren entwickelt hat, steht Ben etwas abseits, raucht weiterhin eine Zigarette nach der anderen und beschäftigt sich mit seinem Smartphone. Bei jedem Auto, das sich dem Parkplatz am Aussichtsturm nähert, schauen die Freunde erwartungsvoll auf. Doch jedes Mal handelt es sich um Hundebesitzer, die ihre Vierbeiner Gassi führen. Michael versucht wieder und wieder,

Kirsten auf ihrem Handy zu erreichen. Leider vergeblich.

„Ich habe ein komisches Gefühl", jammert Hannah. „Irgendetwas ist passiert."

Auch Michael macht sich große Sorgen. „Das ist nicht ihre Art, sich nicht zu melden, wenn sie sich verspätet. Wir müssen sie suchen."

„Wo denn? Es gibt überhaupt keinen Anhaltspunkt!" Ben winkt ab.

„Wir sollten beim Hexenweiher nachschauen", schlägt Hannah vor.

„Du meinst, Tim hat so schnell wieder zugeschlagen?" Sarah hält die Hände vors Gesicht.

„Wieso Tim? Miriam!" Hannah schaut verständnislos ihre Freundin an.

Sarah schielt zu Ben hinüber. Der zuckt mit den Schultern. Sie haben Hannah bis jetzt noch nichts von ihrer Vermutung erzählt. Deshalb erklärt ihr Sarah kurz den Stand der Dinge.

„Warum habt ihr mir das nicht früher gesagt?", schimpft Hannah. „Ich habe ein Recht darauf, das zu erfahren!"

„Wir wollten dich nicht unnötig beunruhigen."

„Das war nicht in Ordnung, ich …!

„Darüber könnt ihr später streiten. Wir müssen jetzt erst einmal Kirsten finden." Selbst Ben überkommt ein mulmiges Gefühl.

Im Laufschritt eilen die vier quer durch Wald und Wiesen hinunter zu den Hexenweihern. Niemand begegnet ihnen auf dem abschüssigen Abschnitt. Auf den letzten Metern laufen sie schneller und schneller.

„Oh mein Gott! Nein!", schreit Hannah, als sie den größeren der beiden Weiher erreichen. Sie wendet sich ab, schlägt die

Hände vors Gesicht und wird von einem Weinkrampf geschüttelt.

Sarah spürt, wie Übelkeit in ihr hochsteigt. Sie ist kurz davor sich zu übergeben, dennoch legt sie den Arm um Hannahs Schultern und versucht sie zu beruhigen. Dabei laufen ihr ebenfalls Tränen über die Wangen. Der Alptraum hält sie weiterhin gefangen.

Michael starrt stumm auf die mit dem Gesicht nach unten im Wasser treibende Frau im schwarz-weiß gemusterten Kleid. In diesem hat er Kirsten heute Morgen in der Bank gesehen. Es stand ihr besonders gut. Seitdem er sie wiedergetroffen hat, musste er unentwegt an sie denken. Er wollte sie heute Abend fragen, ob sie nach dem Treffen zusammen essen gehen würden. Zu gerne hätte er erfahren, wie ihr Leben verlaufen ist.

Ben steht etwas abseits von den anderen und starrt regungslos aufs Wasser. Auch er ist kreidebleich im Gesicht. Wieder zieht er an einer Zigarette. Er ist wütend, dass er nicht in der Lage ist, den Rachefeldzug zu stoppen.

Plötzlich überkommt Michael eine Welle des Hasses. Wutentbrannt stürzt er auf Ben zu. „Du Arschloch. Das ist alles deine Schuld", schreit er, packt ihn am Kragen und schüttelt ihn.

„Bist du verrückt? Lass mich sofort los!", brüllt Ben zurück.

„Du bist für Kirstens und Andreas' Tod verantwortlich."

„Das ist nicht wahr."

„Du wolltest, dass wir bei der Polizei aussagen, dass Miriam in der Nacht mit Tim verabredet war. Wir hätten sagen sollen, dass wir nicht wissen, warum sie früher gegangen ist. Wir wussten doch, wie unberechenbar Tim ist. Wir hätten wissen müssen, dass er sich eines Tages an uns rächen wird, weil er uns die Schuld an seinem Gefängnisaufenthalt gibt. Ich sage dir, er wird nicht eher ruhen, bis er uns alle umgebracht hat."

„Lass mich los", zischt Ben drohend. „Wir dürfen jetzt nicht durchdrehen und uns gegenseitig Vorwürfe machen. Wir müssen zusammenhalten und uns etwas einfallen lassen, wie wir Tim stoppen können."

„Du Schwachkopf willst dir etwas einfallen lassen? Das hatten wir doch alles schon einmal! Und was ist daraus geworden?" Michaels Augen funkeln. Er hat das Bedürfnis, seinen früheren Schulfreund zu erwürgen, ihn ein für alle Mal zum Schweigen zu bringen.

„Ich habe gesagt, du sollst mich loslassen!", sagt Ben in einem Ton, der alle schaudern lässt.

Jeder andere hätte wahrscheinlich nachgegeben, nicht aber Michael. Er zieht den etwas kleineren Ben dichter zu sich heran.

„Beruhige dich, Michael." Sarah ergreift seinen linken Arm. „Er ist es nicht wert."

Doch Michael macht keine Anstalten nachzugeben. „Ich habe die Nase voll von dir. Wir haben immer alle nach deiner Pfeife getanzt. Haben immer getan, was du befohlen hast. Jetzt reicht es! Jetzt machst du, was wir sagen! Wir rufen die Polizei und legen ein Geständnis ab. Dann können sie diesen Wahnsinnigen aufhalten. Ist das bei dir angekommen?" Michaels Stimme bebt.

Auch Ben ist außer sich vor Wut. Völlig unerwartet versetzt er seinem Gegenüber einen heftigen Stoß gegen die Brust. Michael taumelt zurück und lässt seinen Kontrahenten reflexartig los. Diesen Augenblick nutzt Ben und schlägt Michael mit der Faust ins Gesicht. Daraufhin geht dieser zu Boden. Stöhnend bleibt er liegen und hält sich die linke Gesichtshälfte. Aus seiner Nase fließt Blut.

Dann baut sich Ben drohend vor den Freunden auf. „Ich kümmere mich um Tim. Ihr werdet nicht aussagen. Sonst mache ich euch fertig. Verstanden?" Dann öffnet er seine Jacke und legt die Hand an die Pistole in der Innentasche.

„Was bist du nur für ein Schwein", entgegnet Michael und wischt sich das Blut aus dem Gesicht.

„Ich hoffe, euch fällt es jetzt leichter zu versprechen, dass ihr unser Geheimnis bewahren werdet."

„Hannah?", fragt er drohend.

Diese zittert am ganzen Körper und reagiert nicht.

„Hannah!", brüllt er.

Sie nickt und starrt mit großen Augen ins Leere.

„Sarah?"

„Ja", entgegnet sie mit gesenktem Blick.

„Michael?"

„Ja", bringt dieser angewidert hervor und rappelt sich mühsam auf. Er sieht ein, dass Ben unberechenbar ist und ein weiteres Auflehnen keinen Sinn hat.

„Gut. Dann rufen wir jetzt die Polizei und sagen ihnen, dass wir bei einem Spaziergang eine Leiche im Hexenweiher entdeckt haben."

Kapitel 21

Die Gestalt im Gebüsch auf der anderen Seite der Hexenweiher lächelt zufrieden. Ihr Plan ist erneut aufgegangen: Die ehemaligen Schulfreunde streiten, die Wut richtet sich gegen Ben. Das arrogante Schwein hat es im Streit wieder einmal geschafft, die anderen klein zu halten. Dieses Mal unter Androhung von Waffengewalt. Dabei ist er die armseligste Kreatur von allen. Sie hat damals schon nicht verstanden, warum die Freunde sich nicht gemeinsam gegen Ben durchgesetzt und die Wahrheit gesagt haben. Deshalb muss sie auch die anderen für das bestrafen, was sie durchgemacht hat. Für Ben jedoch wird sie sich etwas ganz Besonderes ausdenken. Einen schnellen Tod hat er nicht verdient.

Nur eines hat ihren Plan bisher durchkreuzt: Ben und Sarah haben ihr Versteck aufgespürt. Die vergangene Nacht hat sie im Wald verbracht. Heute muss sie sich einen neuen Unterschlupf suchen. Aber das Problem wird sie lösen. Sie braucht nicht viel, lediglich ein Dach über dem Kopf.

Bevor es hier gleich vor Polizeibeamten wimmelt, muss sie verschwinden. Die Gestalt verlässt ihr Versteck und geht quer durch den Wald parallel zum Wanderweg in Richtung der Straße nach Spreitgen. Kurz bevor sie diese erreicht, fährt der erste Polizeiwagen mit Blaulicht vorbei. Sie bleibt stehen, duckt sich hinter einem Baum. Als das Fahrzeug außer Sichtweite ist, tritt sie an den Straßenrand und schaut nach links und rechts. Sie sieht kein weiteres Auto, also folgt sie dem Weg

Richtung Spreitgen, um dann weiter nach Nümbrecht zu gehen, wo sie im Lindchenweg den nächsten Teil ihres Plans vorbereiten wird.

Kapitel 22

Nach und nach treffen weitere Polizeifahrzeuge ein. Zwei Beamte lassen ein Schlauchboot zu Wasser, fahren auf den See hinaus und bringen Kirstens Leiche ans Ufer. Dort legen sie diese auf den Boden und der Rechtsmediziner nimmt eine erste Untersuchung vor. Die Freunde beobachten stumm das Geschehen.

Als letzte trifft Kommissarin Hauswald ein. Sie geht zunächst zu ihren Kollegen, um sich über die Sachlage zu informieren.

„Was mag sie wohl denken, wenn die Tote wieder jemand aus unserer ehemaligen Clique ist?" Sarah hat ein ungutes Gefühl.

„Wichtig ist, dass wir uns nicht verunsichern lassen", entgegnet Ben. „Passt auf, was ihr sagt. Erwähnt nichts, woraus sie uns anschließend einen Strick drehen kann."

Dann kommt die Kommissarin auch schon auf sie zu. „Sie haben also die Tote entdeckt?"

„Ja. Wir sind spazieren gegangen und haben sie im Weiher treiben sehen", entgegnet Ben.

„Wissen Sie, um wen es sich bei der Toten handelt? Sie hat keine Papiere bei sich."

Alle blicken betreten zu Boden.

„Wir gehen davon aus, dass es sich um Kirsten Meyer handelt", sagt Ben schließlich.

„Wie kommen Sie darauf?"

„Die Tote trägt das gleiche Kleid wie Kirsten heute Morgen auf der Arbeit", erklärt Michael.

„Aha. Dann möchte ich einen von Ihnen bitten, sich gleich die Leiche anzusehen." Die Kommissarin lässt ihren Blick über den Weiher schweifen, danach wendet sie sich wieder den Schulfreunden zu. „Finden Sie es nicht merkwürdig, dass innerhalb weniger Tage zwei Personen aus Ihrem früheren Freundeskreis tot aufgefunden werden?"

„Natürlich. Wir sind entsetzt und fragen uns, wer es auf die beiden abgesehen hatte", sagt Ben.

„Wer könnte denn ein Motiv haben? Wer hasst Ihren Freundeskreis so sehr, dass er vor Mord nicht zurückschreckt?"

Ben zuckt die Achseln. „Da gibt es niemanden."

„Wie kam es, dass Sie ausgerechnet heute Abend hier spazieren gehen?"

„Was soll die Frage? Verdächtigen Sie etwa einen von uns?"

„Ich finde nur, dass es ein sehr großer Zufall ist. Waren Sie vielleicht mit ihr verabredet und sie ist nicht gekommen? Haben Sie geahnt, dass etwas passiert sein könnte, als sie nicht wie vereinbart aufgetaucht ist?"

„Es stimmt, wir waren verabredet. Da sie aber bis 19.00 Uhr bei einem Termin in Overath war, haben wir gedacht, dass dieser länger dauert und sie es nicht schafft. Deshalb sind wir alleine losgegangen. Wir wollten noch einmal zum Hexenweiher gehen, um an Andreas zu denken."

„Ist Ihnen auf dem Weg hierher jemand begegnet?"

„Nein."

„Also gut. Herr Thorwald würden Sie bitte mitkommen und die Tote identifizieren? Und morgen um 14.00 Uhr erwarte ich Sie alle auf dem Kommissariat, damit wir Ihre Aussagen zu Protokoll nehmen können." Dann wendet sich Kommissarin Hauswald zum Gehen.

Ben folgt ihr. Sie gehen unter der inzwischen errichteten Absperrung hindurch zur Leiche.

„Ist das Kirsten Meyer?", fragt Kommissarin Hauswald.

„Ja. Das ist sie", bestätigt Ben.

„In Ordnung. Sie dürfen jetzt gehen."

„Ob sie ahnt, dass wir eine Vermutung haben, wer der Täter ist?", fragt Sarah, als Ben zu ihnen zurückgekehrt ist.

„Ich bin mir nicht sicher. Aber sie scheint nicht zu wissen, dass Tim geflohen ist. Sonst hätte sie es uns gegenüber erwähnt. Kirsten wurde übrigens auch erst erschlagen und anschließend gefesselt ins Wasser geworfen."

Das ganze Geschehen läuft wie ein Film vor Hannahs Augen ab. Die Angst wird immer größer, das nächste Opfer zu sein.

„Ich gehe nach Hause", sagt Hannah tonlos und wendet sich zum Gehen.

„Ich begleite dich." Sarah folgt ihr.

„Nein. Ich will allein sein."

Sarah erschrickt über die Entschlossenheit in ihrer Stimme.

„Vielleicht möchtest du reden?"

„Nein", entgegnet Hannah energisch. „Wir haben genug geredet. Lasst mich einfach in Ruhe. Ich muss nachdenken."

Ben hat das Gespräch mitbekommen und tritt zu ihnen. „Ich warne dich Hannah. Tu nichts Falsches, sonst ..."

„Sonst was? Wirst du mich zum Schweigen bringen? Diese Drohung lässt mich kalt. Wenn du es nichts tust, erledigt das Tim. Was habe ich also zu verlieren? Ich werde tun, was ich für richtig halte."

Dann wendet sich Hannah ab.

Kommissarin Hauswald, die den Disput zwischen Ben und Hannah bemerkt hat, sieht Hannah eine Weile nachdenklich hinterher und geht anschließend zu ihrem Dienstwagen.

Hannah wählt den Weg, den sie gemeinsam hinuntergekommen sind. Sie ist stolz auf sich. Das erste Mal hat sie Ben widersprochen und war ihm über den Mund gefahren. Seltsamerweise ist sie völlig ruhig. Die Konsequenzen sind ihr egal. Sie will nur, dass dieser Terror endlich aufhört. Sei es durch Ben oder durch Tim.

Wer ist der nächste auf Tims Todesliste? Hat sie eine Chance ihrem Schicksal zu entkommen?

Das Beste wäre, sie würde die nächste Zeit zu ihren Eltern ziehen. Dort könnte sie in Sicherheit überlegen, ob sie nicht doch zur Polizei gehen sollte. Egal, wie Ben dazu steht.

Als sie den Aussichtsturm erreicht, folgt sie dem Weg hinunter zur Reha-Klinik und biegt schließlich in den Lindchenweg ein. Gleich ist sie daheim.

Als sich Hannah dem Haus nähert, stutzt sie. In der Einfahrt steht der Wagen von Kommissarin Hauswald. Sofort überkommt sie ein ungutes Gefühl. Sie zögert. Dann öffnet sich auch schon die Tür des Fahrzeugs und die Kommissarin steigt aus.

„Was wollen Sie von mir?", fragt Hannah mit brüchiger Stimme, als sie die Einfahrt erreicht hat. „Wir haben uns doch gerade am Hexenweiher gesehen."

Kommissarin Hauswald mustert Hannah aufmerksam. Sie spürt förmlich die Angst ihres Gegenübers. Man muss sich immer das schwächste Glied in der Kette vornehmen ist ihre Devise.

„Nun, ich habe den Eindruck, dass Sie mir etwas verschweigen."

„Was …was sollten wir Ihnen denn verschweigen?", stottert Hannah.

Die Kommissarin zuckt mit den Achseln. „Zum Beispiel, dass Sie eine Vermutung haben, wer der Mörder sein könnte?"

„Wir haben keine Vermutung. Wie kommen Sie darauf?"

„Als Andreas Berthold tot aufgefunden wurde, kamen Sie zum Tatort und schienen eine Auseinandersetzung mit Ben Thorwald gehabt zu haben. Und genauso war es vorhin."

„Ach so. Da ging es um etwas anderes."

„Worum?"

„Wie bitte?"

„Worum ging es bei Ihrem Streit?"

„Ähm, ich schulde ihm Geld. Er will es sofort zurück, aber ich habe im Augenblick nicht so viel übrig."

„Aha. Aber finden Sie es nicht merkwürdig, dass innerhalb weniger Tage zwei Personen aus Ihrem Freundeskreis ermordet wurden?"

„Ja, ähm, ich, ja." Hannah stockt. „Natürlich ist das sehr merkwürdig."

„Es sieht ganz so aus, als ob es jemand auf die Gruppe abgesehen hat. Warum? Was haben Sie getan?"

„Was sollen diese Fragen? Es gibt keinen Grund, weswegen uns jemand umbringen sollte." Hannah bekommt rote Flecken im Gesicht. Wie immer, wenn sie unter Stress steht.

„Genau genommen ist es schon der dritte Todesfall in Ihrem Freundeskreis, wenn man Miriam Hebel dazurechnet. Dass sie allesamt Zufallsopfer waren, glaube ich nicht."

Hannah schluckt. Sie hat das Gefühl, als könne die Kommissarin ihre Gedanken lesen und so den Fall lösen. „Das muss ein unerwartetes Zusammentreffen sein", bringt Hannah schließlich hervor. „Anders kann ich mir das nicht erklären."

„Das glauben Sie doch wohl selbst nicht. Vielleicht hängen die letzten beiden Morde ja mit Miriams Verschwinden zusammen? Haben Sie und Ihre Freunde vielleicht irgendetwas damit zu tun?"

Hannah öffnet den Mund, um lautstark zu protestieren, aber sie bringt kein Wort hervor. Sie unternimmt einen erneuten Versuch, doch die Laute bleiben ihr im Hals stecken.

„Habe ich gerade ins Schwarze getroffen?" Kommissarin Hauswald hat Hannahs Reaktionen aufmerksam beobachtet. Der Zustand der jungen Frau ist erbärmlich: eingeschüchtert und verängstigt. Sie erweckt den Eindruck, als würde sie jeden Moment zusammenbrechen. Das sagt der erfahrenen Kommissarin, dass sie mit ihrer Vermutung recht hat und auch mit ihrer Intuition richtig gelegen hat, sich diese labile Person allein vorzunehmen. Wenn sie Hannah noch weiter zusetzt, wird diese sagen, was sie weiß.

„Nein. Ich habe keine Ahnung, wovon Sie reden. Miriam hat damals die Feier früher verlassen und ist dann verschwunden. Das war nicht unser Fehler." Hannah wünscht sich plötzlich, Ben wäre hier. Sie hat das Gefühl, dass die Kommissarin ihr nicht glaubt. Er wüsste genau, was er sagen müsste und strahlte Souveränität aus.

„Tim Ranke wurde damals aufgrund von Indizien verurteilt. Er hat stets seine Unschuld beteuert und behauptet, die angeblichen Beweise gegen ihn hätte ihm jemand untergeschoben. Wenn ich die aktuellen Todesfälle und Ihre Aufgeregtheit betrachte, kommen viele Fragen auf."

„Ich kann Ihnen leider nicht weiterhelfen. Kann ich jetzt gehen?"

Die Kommissarin nickt. „Aber morgen kommen Sie mit den anderen um 14.00 Uhr aufs Kommissariat."

Und schon wendet sich Hannah zum Gehen.

Während Kommissarin Hauswald zu ihrem Auto geht, schaut sie der jungen Frau hinterher. Sie ist sicher, wenn sie Hannah morgen allein befragt, wird sie sie zum Reden bringen.

Erschöpft hängt Hannah ihre Jacke an der Garderobe auf. Auf wackeligen Beinen war sie die letzten Schritte bis in die Wohnung gegangen. Ihr Körper gehorcht ihr nicht mehr. Sie fühlt sich schlapp und ausgezehrt. Die Fragen der Kommissarin sind ihr auf den Magen geschlagen. Die Polizistin hat eine Vermutung und wird nicht lockerlassen. Morgen wird sie sie wieder befragen. Wie soll sie das überstehen? Jeder Satz, jedes Wort muss genau überlegt sein, damit die Polizei ihr anschließend keinen Strick daraus drehen kann.

Mit letzter Kraft zieht Hannah ihre Hausschuhe an und geht in die Küche, um sich einen Tee zu kochen. Den will sie auf der Couch vor dem Fernseher trinken und anschließend ins Bett gehen.

Doch plötzlich schießt das Adrenalin durch ihren Körper. Wie festgenagelt bleibt sie vor dem Küchentisch stehen. Dann läuft sie durch die Wohnung, schaut in jedes Zimmer. Alle Fenster sind geschlossen, die Terrassentür ebenfalls. Mit schlotternden Knien kehrt sie in die Küche zurück. Wie ist die Person in ihre Wohnung gekommen?

Mit zitternden Händen nimmt Hannah das weiße Blatt vom Tisch und betrachtet das einzelne Wort, das in großen roten Buchstaben darauf geschrieben steht: „Mörderin."

Kapitel 23

Ben berät gerade einen Nachbarn in seinem mit modernen schwarz glänzenden Büromöbeln ausgestatteten Arbeitszimmer in einer Scheidungsangelegenheit, als das Handy klingelt. Auf dem Display erscheint das Bild von Peter, seinem Freund und Privatermittler.

„Entschuldige mich bitte, das ist ein dringender Anruf, auf den ich gewartet habe." Ben steht auf und verlässt den Raum.

„Peter! Was gibt´s?"

„Es war wirklich nicht einfach, jedoch mit der Unterstützung von einigen Freunden habe ich sämtliche Handynummern von Tims Familie herausbekommen. Ich habe sogar ein Gespräch zwischen Tim und seinem Bruder mitgehört, aber ich erzähle dir besser nicht, wie das funktioniert hat. Tim hat sich gestern Abend bei ihm gemeldet. Allerdings kommt er weder für den Mord an Andreas noch für den an Kirsten in Frage. Er hält sich in Spanien in der Nähe von Valencia versteckt. Nachdem ich seine Handynummer in Erfahrung gebracht habe, konnte ich ein Bewegungsprofil erstellen. Das Handy ist übrigens auf eine gewisse Anja Hansen aus Köln registriert. Sie gehört nicht zu Tims Familie. Vermutlich handelt es sich um eine Bekannte, die ihm bei der Flucht geholfen hat. Er ist jedenfalls direkt nach dem Ausbruch nach Spanien geflohen. Ich habe auch Gespräche der anderen Familienmitglieder untereinander mitgehört. Aber es gibt keine Hinweise darauf, dass sie etwas mit den Morden zu tun haben."

„Hm. Danke für deine Hilfe, Peter."

„Gerne. Ich versuche jetzt noch etwas über Anja Hansen herauszufinden. Wenn du weitere Informationen brauchst, melde dich."

„Das mache ich." Dann drückt Ben das Gespräch weg. Ein ungutes Gefühl macht sich in seiner Magengegend breit. Wenn weder Tim noch jemand aus seiner Familie der Mörder ist, wer hat dann Andreas und Kirsten auf dem Gewissen? Er schaut auf die Uhr. Es ist gerade 21.45 Uhr. Schnell wählt er Sarahs Nummer.

„Wir müssen uns treffen. Um 22.00 Uhr auf dem Parkplatz am Kurpark."

„Ich will dich heute nicht mehr sehen."

„Ich dich auch nicht, aber es geht nicht anders."

„Was ist passiert?"

„Nicht am Telefon." Und schon hat Ben aufgelegt.

Dann kehrt er zu seinem Nachbarn zurück, um schnellstmöglich das weitere Vorgehen in seinem Fall zu besprechen.

Punkt 22.00 Uhr biegt Ben mit seinem Geländewagen auf den Parkplatz am Kurpark ein.

Sarah wartet hinter ihrem Auto und schüttelt den Kopf, als er ziemlich zügig in die Parklücke daneben rauscht und heftig auf die Bremse tritt. Sofort springt er heraus und sieht sich hektisch um. Nur wenige Fahrzeuge belegen die zahlreichen Stellplätze. Auf dem Bürgersteig entlang des Lindchenweges ist niemand zu sehen.

„Mein Freund hat herausgefunden, dass Tim seit seinem Ausbruch aus dem Gefängnis in Spanien untergetaucht ist. Er war es nicht, das ist ganz sicher."

Sarah wird schwarz vor Augen. Sie stützt sich mit einer Hand am Kotflügel ihres Wagens ab, um nicht das Gleichgewicht zu verlieren. „Wir lagen also mit unserer Vermutung falsch! Dann hat jemand anderes das Versteck im Wald genutzt, der auch zufällig die gleichen Zigaretten raucht. Der Mörder muss demnach ein Familienangehöriger sein. Ich halte das nicht mehr lange durch, Ben. Ich will mein altes Leben zurück ...“

„Sei still, da kommt jemand.“

Sekundenlang schweigen sie, bis das Ehepaar mit seinen beiden Hunden in ihr Auto gestiegen und weggefahren ist.

„Ich will, dass der Täter endlich gefasst wird und wir wieder ruhig schlafen können.“ Sarahs Stimme bebt.

„Die Sache ist die: Peter hat Tims Familie überprüft und Telefongespräche abgehört. Es gibt keinen Hinweis darauf, dass sie etwas mit der Sache zu tun haben.“

Sarah wird abwechselnd heiß und kalt. „Das ...das bedeutet, dass wir keinen Anhaltspunkt haben, wer uns umbringen will und wen wir stoppen müssen.“

„Ich kümmere mich. Peter wird weitere ...“

Sarahs Angst vor dem Unbekannten schlägt plötzlich in unbändige Wut um. „Ich kümmere mich. Das hast du vor ein paar Tagen schon einmal gesagt. Und was ist dabei herausgekommen? Nichts! Lass dir verdammt noch mal etwas einfallen und das schnell.“

„Hör sofort auf, in diesem Ton mit mir herumzuschreien“, zischt er wütend. Seine Augen funkeln drohend, sein Blick durchbohrt sie wie ein Dolch.

Doch das bringt Sarah nur noch mehr in Rage. „Nein, das werde ich nicht. Ich habe viel zu lange meine Meinung zurückgehalten. Und jetzt sage ich dir mal etwas. Du und dein

Privatermittler findet den Irren, und zwar bis morgen Abend. Falls ihr das nicht schafft, gehe ich zur Polizei und sage die Wahrheit. Etwas Schlimmeres, als umgebracht zu werden, kann mir nicht passieren. Und morgen früh werden wir zusammen zu Hannah gehen und ihr die neue Situation erklären. Wir werden es ihr dieses Mal nicht verschweigen."

„Dann kommt sie wieder mit ihrem Hirngespinst, dass Miriam lebt."

„Wer weiß, vielleicht ist es ja auch so. Aber egal. Hannah hat ein Recht darauf, die Wahrheit zu erfahren. Sonst informiere ich sie allein. Hast du das verstanden?" Auf Sarahs Stirn hat sich eine steile Zornesfalte gebildet. Sie wird sich nichts mehr von ihm diktieren lassen. Jetzt ist sie sich selbst die nächste. „Und noch eines sage ich dir. Wenn wir heil aus der Sache herauskommen, dann wirst du aus Nümbrecht verschwinden. Niemand braucht dich hier."

Ben läuft knallrot im Gesicht an und versucht krampfhaft, sich zu beherrschen. Am liebsten würde er sie ohrfeigen. Was fällt dieser blöden Kuh ein, so mit ihm zu reden?

„Du wirst es nicht glauben, aber ich arbeite schon an meiner Karriere in einer Weltstadt. Ich bin froh, diesem Kaff den Rücken zu kehren und euch nicht mehr zu sehen."

Wutentbrannt steigt er in seinen Geländewagen und fährt mit quietschenden Reifen davon.

Kapitel 24

Hannahs Körper bebt. Sie hat keine Kontrolle mehr über ihre Bewegungen. Mit zitternden Händen drückt sie drei Schlaftabletten aus dem Blister auf den Küchentisch und spült sie anschließend mit einem Glas Wasser hinunter. Dann legt sie sich ins Bett. Sie will nicht mehr nachdenken, will sich nicht mehr quälen. Ihre weit aufgerissenen Augen starren zur Decke. Minutenlang bekommt sie ihre Gedanken nicht unter Kontrolle. Sie und ihre Schulfreunde haben zwei Mal große Schuld auf sich geladen. Dafür erhalten sie jetzt die Strafe. Dann schläft sie ein.

Hannahs Augen strahlen, denn heute ist ein besonderer Abend, auf den sie sich schon seit langem gefreut hat. Fröhlich pfeifend bereitet sie in der Küche ihrer Eltern eine große Schüssel mit mediterranem Nudelsalat vor. Sie kocht Farfalle, schneidet getrocknete Tomaten, Oliven und Schafskäse in kleine Stücke und rührt eine Sauce an. Schließlich probiert sie den fertigen Salat.

„Lecker", murmelt sie.

Dann schaut sie auf die Uhr. Es ist 17.30 Uhr. Ihr bleibt noch eine halbe Stunde Zeit, um sich umzuziehen. Sie tuscht ihre Wimpern, trägt ein wenig Rouge und Lipgloss auf. Beim Blick in den Spiegel ist sie zufrieden. Dann schlüpft sie in eine enge, schwarze Jeans, einen beigen Pullover und einen schwarzen Trenchcoat. Anschließend nimmt sie ihre Handtasche, holt den Salat und das ebenfalls vorbereitete Fingerfood aus der Küche und verlässt gut gelaunt das Haus.

Sie und ihre Schulfreunde Sarah, Miriam, Kirsten, Ben, Andreas und Michael - bis auf Miriam alle gerade achtzehn geworden -, feiern zum ersten Mal gemeinsam in den Mai hinein. Die Party findet am Ufer des größeren der beiden Hexenweiher unterhalb von Spreitgen statt. Es war Bens Idee und alle waren sofort davon begeistert. Und jetzt haben sie solch ein Glück. Das Wetter ist phantastisch, der Himmel strahlend blau und für den 30. April ist es zudem relativ warm. Der perfekte Tag also für eine Grillparty.

Hannah und ihre Freundinnen treffen sich an der Kreuzung Höhenstraße Spreitger Weg und gehen gemeinsam mit Tüten und Taschen bepackt hinunter zum Weiher. Als sie dort ankommen, sind die mit dem Auto vorgefahrenen Jungs bereits bei den Vorbereitungen. Sie haben zwei Campingtische, Campingstühle und einen kleinen Grill aufgebaut.

„Stellt das Essen auf den Tisch", sagt Ben. Er hat den Grill angeworfen und deutet auf den kleineren der beiden Campingtische, wo mehrere Packungen Würstchen und Steaks liegen. Zwei Kästen Bier und einer mit alkoholfreien Getränken stehen daneben.

„Was gibt es denn Gutes?", fragt Andreas neugierig und beobachtet, wie die Freundinnen das Buffet aufbauen. „Das sieht alles so lecker aus, das muss ich sofort probieren", sagt er und will sich ein Spießchen mit Tomaten und Mozzarella nehmen.

„Finger weg. Wir fangen alle gemeinsam an." Sarah haut ihm resolut auf die Finger.

„Ich finde, wir haben ein tolles Buffet", sagt Hannah.

„Tomaten Mozzarella Sticks, Nudelsalat, Kartoffelsalat, Lachs im Crepeteig, Würstchen, Steaks und einen Pudding. Was will man mehr. "

„Wenn wir das aufgegessen haben, schaffen wir diese Nacht den Berg nach Hause nicht", *bemerkt Miriam nüchtern.*

„Setzt euch Mädels. Ich schmeiß jetzt die Würstchen auf den Grill. Wollt ihr ein Bier? ", *fragt Ben.*

„Klar", *sagt Miriam.*

Ben reicht jedem eine Flasche und hebt seine anschließend in die Höhe.

„Auf einen schönen Abend und unser Abi im nächsten Jahr. "

Dann stoßen sie gemeinsam an. Anschließend legt er die Würstchen auf den Grill und setzt sich zu den anderen an den Tisch.

Nachdem sie gegessen haben, fließt das Bier in Strömen. Je mehr sie trinken, desto ausgelassener wird die Stimmung. Ben imitiert zur Erheiterung aller einige Lehrer mit ihren Eigenarten und die anderen müssen erraten, um wen es sich handelt. Er macht seine Sache wirklich gut und sie haben viel Spaß.

Als es dunkel wird, zünden sie ein paar Teelichter an.

Sie werden ruhiger, unterhalten sich über das im nächsten Jahr anstehende Abitur. Einige haben große Pläne. Ben will Anwalt werden, Miriam und Hannah wollen Tiermedizin studieren. Der Rest ist noch unsicher.

„Was war das? ", *fragt Hannah plötzlich erschrocken. „Hinter uns im Wald hat etwas geknackt!"*

„Das war bestimmt ein Tier, das durchs Unterholz streift", *versucht Kirsten ihre Freundin zu beruhigen. „Vielleicht eine Maus oder ein Fuchs. "*

„Nein, das war ein Geist. Es ist kurz vor Mitternacht", *witzelt*

Andreas.

„Sehr komisch", entgegnet Hannah.

„Genau. Es ist der Geist einer Hexe", fügt Ben geheimnisvoll hinzu.

„Ihr seid vielleicht Spinner." Sarah lacht und trinkt noch einen Schluck Bier.

„Nein, das sind wir nicht. Auf Schloss Homburg hat es früher Hexenprozesse gegeben", erklärt Ben und legt nachdenklich den Zeigefinger auf den Mund. „Vielleicht ist ja auch eine Hexe unter uns. Ich habe eine Idee: Wir machen eine Hexenprobe!"

„Was soll das denn sein?", fragt Miriam belustigt.

„Kennt ihr etwa nicht die Geschichte vom Hexenweiher?"

Alle schütteln den Kopf und Ben erzählt.

„Historisch ist das Ganze zwar nicht belegt, aber in den Hexenweihern sind angeblich im Mittelalter Hexenproben durchgeführt worden. Man fesselte die Frau, die man für eine Hexe hielt, an Händen und Füßen und warf sie ins Wasser. Schwamm sie, war sie eine Hexe und wurde verbrannt. Ging sie unter, war sie unschuldig. Tot war sie dann allerdings auch."

Sarah schüttelt sich. „Das ist ja gruselig. Gut, dass wir damals nicht gelebt haben."

„Wer von uns soll denn die Hexe sein?", fragt Hannah lachend.

Die Jungen schauen in die Runde. „Miriam", schlägt Andreas vor. „Wegen ihrer roten Haare."

„Dann los." Ben steht auf und nimmt Kirsten und Sarah die Halstücher ab, um Miriam zu fesseln.

„Ich bin keine Hexe! Lasst mich in Ruhe!" Miriam springt von

121

ihrem Stuhl auf, um sich in der Dunkelheit zu verstecken.

Doch die angetrunkenen Jungen folgen ihr, holen sie ein und Ben bekommt sie zu fassen. Miriam wehrt sich heftig und schlägt nach ihm. „Das Wasser ist viel zu kalt! Hört auf!"

Andreas und Michael kommen Ben zu Hilfe und halten sie fest, so dass er sie fesseln kann.

Dann tanzen die Freunde um sie herum, rufen „Hexe, Hexe!"

„Das ist nicht lustig", schimpft Miriam.

Trotzdem tragen die Jungen sie ein Stück weit in den See hinein, werfen sie ins Wasser, geben ihr noch einen Schubs und waten zurück ans Ufer.

Im Licht des Vollmondes beobachten sie, wie Miriam sich hin und her windet. Mit aller Kraft versucht sie, sich über Wasser zu halten. Doch nach kurzer Zeit lassen ihre Kräfte nach.

„Ich kann nicht mehr!", schreit sie. „Helft mir, schnell!"

Dann geht sie unter.

„Sie ist keine Hexe!", ruft Ben lachend. „Los. Wir müssen sie rausholen."

Die Jungen springen ins Wasser, schwimmen in die Mitte des Weihers. Sie tauchen, um Miriam nach oben zu holen. Doch einer nach dem anderen erscheint kurz darauf wieder an der Oberfläche.

„Verdammt, wo ist sie?", ruft Ben ratlos und taucht erneut hinab.

Andreas und Michael ebenfalls. Wieder kommen sie an die Wasseroberfläche. Die Jungen keuchen und schnappen panisch nach Luft, suchen dann weiter.

Vom Ufer aus verfolgen Sarah, Kirsten und Hannah die verzweifelten Versuche, Miriam zu retten. Doch vergeblich. Die Jungen können Miriam nicht finden.

Kapitel 25

Mit letzter Kraft schwimmen die Jungen zurück ans Ufer. Völlig erschöpft steigen sie aus dem Wasser und lassen sich auf den Boden fallen. Die vollgesogenen Jeans und Pullover kleben schwer an ihren Körpern. Sie zittern vor Kälte, vor Angst und ringen nach Luft.

„Scheiße, Scheiße, Scheiße! Das kann doch nicht wahr sein!“, flucht Ben keuchend und streicht sich durch die nassen Haare. Sarah geht am Ufer auf und ab. „Verdammt! Tut doch etwas. Ihr dürft nicht aufgeben! Ihr müsst sie finden!“

„Ich kann nicht mehr.“ Andreas röchelt und hustet.

„Das ist alles deine Schuld! Das war deine Idee.“ Hannah schlägt mit den Fäusten auf Ben ein.

Dieser wehrt ihre Schläge mit den Händen ab und umfasst ihre Handgelenke mit eisernem Griff. „Hör auf, so herumzuschreien. Sonst bemerkt uns noch jemand“, fährt er sie an.

„Ihr müsst weitersuchen. Macht schon!“

„Es hat keinen Zweck mehr. Es ist schon zu viel Zeit vergangen.“

Hannah schüttelt vehement den Kopf. „Nein. Das ist nicht wahr! Wir müssen Hilfe holen. Taucher müssen kommen. Ich rufe die Polizei.“ Hektisch sucht sie in ihrer Handtasche nach dem Smartphone.

Ben rappelt sich auf, packt sie an den Schultern und schüttelt sie. „Das wirst du nicht“, droht er ihr.

„Hannah hat Recht", mischt sich Sarah ein und holt ihr Handy aus der Jackentasche.

Ben reißt es ihr aus der Hand. „Nein, verdammt noch mal. Überlegt doch. Wisst ihr, was dann hier los ist? Wenn die Miriam mit gefesselten Händen und Füßen finden, haben wir ein riesiges Problem."

„Wir können sie nicht im Stich lassen", wimmert Hannah leise. „Sie ist unsere Freundin."

„Es ist zu spät. Wir können ihr nicht mehr helfen. Aber wollt ihr ins Gefängnis? Ich nicht!"

Alle schauen betreten zu Boden. Hannah sackt auf die Knie und beginnt bitterlich zu weinen. Auch Kirsten und Sarah können die Tränen nicht mehr zurückhalten. Andreas und Michael stehen fassungslos neben den anderen und schlagen die Hände vors Gesicht. Nach und nach wird den Freunden bewusst, welch fahrlässiges Spiel sie getrieben haben.

„Was haben wir bloß getan?", murmelt Andreas immer wieder vor sich hin.

Wie gelähmt stehen die Freunde im Kerzenschein am Ufer, schauen auf die mittlerweile spiegelglatte Wasseroberfläche, auf die das Mondlicht fällt. Nur Ben geht neben ihnen auf und ab. Plötzlich bleibt er abrupt stehen. „Hört zu. Ich hab mir was überlegt. Wir gehen ganz normal nach Hause, als wäre nichts passiert. Wenn Miriams Eltern morgen bei einem von uns anrufen, sagen wir, dass wir uns an der Kreuzung Spreitger Weg Höhenstraße getrennt haben und jeder allein weitergegangen ist."

„Das ist absolut schäbig. Es ist mehr als unfair, ihre Eltern so im Ungewissen zu lassen. Sie werden ihr Leben lang hoffen, dass Miriam noch lebt und eines Tages wieder auftaucht. Sie werden niemals zur Ruhe kommen. So etwas tun Freunde nicht", sagt Sarah.

„Was machen wir, wenn ihre Leiche irgendwann auftaucht?", wendet Andreas ein.

„Dann wird jeder denken, dass sie auf dem Weg nach Hause überfallen, ermordet und anschließend im See versenkt wurde", sagt Ben und zuckt mit den Schultern. „Es kann uns niemand das Gegenteil beweisen. Es gibt keine Zeugen."

„Wie kann man nur so kalt sein. Das ist widerlich. Absolut ekelhaft. Hast du denn überhaupt keine Schuldgefühle?" Sarah ist wütend.

„Hast du vielleicht mal nachgedacht? Was meinst du, was passiert, wenn wir die Wahrheit sagen? Es wird Gerichtsverhandlungen geben und wir werden verurteilt. Vielleicht müssen wir sogar ins Gefängnis. In den Medien würde tagtäglich über uns berichtet. Unser Schulabschluss, die anschließende Ausbildung oder ein Studium, alles wäre hin. Von einem Job hier in der Gegend ganz zu schweigen. Wer stellt jemanden ein, der Schuld am Tod einer Freundin ist?"

„Es war ein tragisches Unglück!"

„Nenn es, wie du willst. Die Leute werden mit den Fingern auf uns zeigen, keiner wird mehr mit uns etwas zu tun haben wollen. Und was ist mit unserer Familie? Unsere Eltern, Großeltern und Geschwister werden genauso darunter leiden und gemieden. Willst du das?"

„Ich habe das Gefühl, du denkst nur an dich", sagt Sarah leise.

„Ich denke an uns alle. Ihr seid ja dazu nicht in der Lage. Ich frage euch nochmal: Wollte ihr euer Leben ruinieren?" Ben schaut im fahlen Mondlicht in die Runde.

Alle schweigen. Der Schock über Miriams Tod sitzt tief. Sie haben große Angst vor dem, was auf sie zukommen könnte.

„Ich werte das als Zustimmung. Und damit das klar ist: Wenn einer von euch die Wahrheit sagt, wird er es bereuen. Demjenigen mache ich das Leben zur Hölle. Das verspreche ich euch! Los, wir packen zusammen und verschwinden", befiehlt Ben.

Schweigend und wie ferngesteuert stellen die Freunde Campingtische und Stühle zusammen und räumen sie in Bens Auto, das er an der Straße nach Spreitgen abgestellt hat. Ebenso Grill, Getränkekisten und das restliche Essen. Dann verschließen sie das Fahrzeug und folgen dem Spreitger Weg bis nach Nümbrecht. Unwillkürlich werden sie schneller und schneller, eilen fast im Laufschritt den Berg hinauf. Als sie endlich die Höhenstraße erreichen, keuchen alle und ringen nach Luft. Hannah bleibt abrupt stehen.

„Ich schaffe das nicht. Ich kann nicht so tun, als ob nichts geschehen wäre", jammert sie.

„Reiß dich verdammt noch mal zusammen. Wenn wir alle das gleiche aussagen, kann uns nicht das Geringste passieren", zischt Ben drohend.

Hannah fürchtet sich vor seiner bestimmenden Art. Deshalb sagt sie nichts mehr. Die anderen schweigen ebenfalls, sie alle haben Respekt vor Ben. Sein Wort hat Gewicht. So war es schon immer.

Er stammt aus einem reichen Elternhaus, seine Eltern sind Rechtsanwälte mit eigener Kanzlei. In der 11. Stufe ist er für ein Jahr in die USA gegangen und hat dort in einer Gastfamilie gelebt. Mit ihnen war er in den Ferien auf Hawaii und in Neuseeland. Als einziger aus der Gruppe war er in der großen weiten Welt unterwegs und hat gelernt, sich zu behaupten. Was er sagt, wird gemacht, denn kein anderer hat so viel Lebenserfahrung wie er. Auf Hannah würde Ben sowieso nicht hören. Doch sie fühlt sich schrecklich: rücksichtslos und grausam, wie eine Mörderin.

„Und jetzt versprechen wir uns gegenseitig, dass das Geschehene niemals nach außen dringen wird." Ben streckt die Hand aus und erwartet, dass seine Freunde einschlagen. Nur zögerlich geben sich die immer noch unter Schock stehenden Freunde die Hand darauf.

„Schnell zur Seite", sagt Ben plötzlich und legt den Zeigefinger auf die Lippen.

Kurz darauf nähert sich ein Fahrzeug und fährt langsam die Höhenstraße entlang. Die Freunde halten den Atem an, ducken sich hinter ein paar Sträucher.

„Das war Tim, das Arschloch." Sarah schaut dem Auto angewidert hinterher.

Tim ist fünf Jahre älter als sie und eine Zeit lang auf ihre Schule gegangen. Als die Freunde in die fünfte Klasse aufs Gymnasium kamen, war er in der zehnten und wurde von allen Mitschülern gefürchtet. Er lauerte ihnen permanent auf dem Nachhauseweg auf und nahm ihnen Geld ab. Mal fünf Euro, mal zehn. Und er drohte ihnen. Wenn sie jemandem davon erzählten, würde er sie fertigmachen.

Jeder von ihnen litt unter Tim und versuchte, ihm aus dem Weg zu gehen. Doch es gelang diesem Idioten immer wieder, die Freunde einzeln zu erwischen. Irgendwann geriet er allerdings an den Falschen, den Sohn eines Polizisten. Dieser ließ sich nicht einschüchtern und informierte seinen Vater. Daraufhin offenbarten sich zahlreiche Schüler und Tim bekam

Sozialstunden aufgebrummt und wurde der Schule verwiesen.

„Leute, ich habe eine Idee, wie wir uns komplett aus der Schusslinie bringen. Tim ist doch schon seit langem scharf auf Miriam und hat ihr immer wieder nachgestellt. Wir sagen einfach aus, Miriam sei früher gegangen, um sich mit ihm zu treffen. Sie wollte ihm klar machen, dass sie nichts von ihm will und er sie in Ruhe lassen soll."

Stille.

„Ich weiß nicht", sagt Andreas nach einer Weile. „Wir bringen unter Umständen einen Unschuldigen ins Gefängnis."

„Einen Unschuldigen? Hast du vergessen, was er uns allen angetan hat? Der hat uns gnadenlos abgezogen und eingeschüchtert, damit wir den Mund halten. Er hat gedroht, dass unseren Familien etwas zustoßen würde, wenn wir irgendjemandem etwas sagen würden."

„Außerdem wissen wir nicht, ob er ein Alibi hat."

Ben grinst. „Das hat er nicht. Ich habe heute an der Kasse im Getränkemarkt hinter ihm gestanden. Er hat dem Kassierer erzählt, dass er allein zu Hause bleibt und um 23.30 Uhr seine Schwester nach Köln zum Flughafen bringen muss."

„Trotzdem. Einen Menschen unschuldig ins Gefängnis zu bringen, ist ein Verbrechen. Was sagt ihr denn dazu?", fragt Andreas in die Runde.

„Ich finde es auch nicht in Ordnung. Wir haben Mist gebaut, dafür können wir nicht einen anderen ans Messer liefern", sagt Michael.

„Aber mit dieser Aussage sind wir aus dem Schneider. Dann konzentrieren sich alle Ermittlungen auf Tim und uns lässt man in Ruhe. Also, was ist?", fragt Ben.

Andreas atmet tief durch. Er weiß, dass sie keine Chance gegen Ben haben. „Okay."

„Michael?"

„In Ordnung", *stimmt dieser zu, obwohl er dafür ist, die Wahrheit zu sagen.*

„Sarah?"

„Ich schließe mich an." *Ihr bleibt nichts anderes übrig. Gegen die drei ist sie machtlos.*

„Kirsten?"

„Okay." *Sie weiß, dass Ben nicht aufgeben wird, bevor er seinen Willen bekommen hat.*

„Hannah?"

„Ich denke nicht, dass das so eine gute Idee ist ...", *jammert Hannah.* „Ich finde das nicht richtig."

Ben tritt einen Schritt auf sie zu und baut sich vor ihr auf. Hannah duckt sich unwillkürlich. „Alle haben ihr Okay gegeben. Du bist überstimmt und damit hast du das zu tun, was die Gruppe beschlossen hat. Ist das klar?"

Hannah spürt Übelkeit aufsteigen. Sie wird es nicht schaffen, sich gegen die Clique aufzulehnen. Außerdem, würde sie einen eventuellen Gefängnisaufenthalt überstehen? Sie hat keine Wahl. Sie muss sich der Entscheidung beugen.

„Ist gut", *entgegnet sie leise.*

„Na also, geht doch. Wer hat Miriams Tasche und ihre Schüssel?"

„Ich." *Sarah deutet auf die Tüte in ihrer rechten Hand.*

„Gib her. Wir verstecken beides hier im Gebüsch." *Ben nimmt die Tüte und wirft Miriams Sachen in die Sträucher am Spreitger Weg, bevor es zu den Wiesen geht.* „Das war's. Früher oder später wird die Polizei die Sachen finden. Dann gehen *sie davon aus, dass Tim beides dort versteckt hat. Lasst uns jetzt nach Hause gehen. Miriams Eltern werden früh bei uns anrufen und fragen, wo sie ist. Wir treffen uns morgen Nachmittag. Ort und Uhrzeit teile ich euch noch mit."*

Kapitel 26

„Hannah! Wach auf. Telefon für dich." Die Stimme der Mutter dringt tief in Hannahs Unterbewusstsein vor. Mühsam öffnet sie die Augen, doch sie fallen sofort wieder zu. Es dauert eine ganze Weile, bis es ihr gelingt, sie aufzuhalten.

„Was ist?", fragt sie verschlafen ohne sich zu rühren.

„Miriams Mutter möchte dich sprechen."

Von einer Sekunde auf die andere ist Hannah hellwach. Ihr Herz klopft bis zum Hals. Die Erinnerungen kommen schlagartig zurück, prasseln unaufhörlich auf sie ein. Sofort hat sie die schrecklichen Bilder der vergangenen Nacht vor Augen. Am liebsten würde sie nicht ans Telefon gehen, sich die Bettdecke über den Kopf ziehen. Doch dann macht sie sich verdächtig. Also richtet sie sich auf und nimmt den Hörer, den ihre Mutter ihr entgegen hält.

„Ja, hallo?", meldet sich Hannah mit brüchiger Stimme.

„Guten Morgen Hannah. Es tut mir leid, dass ich dich so früh störe, aber ist Miriam vielleicht bei dir oder einem eurer Freunde? Ich mache mir Sorgen, weil sie heute Nacht nicht nach Hause gekommen ist."

„Sie ist nicht nach Hause gekommen? Nein, hier ist sie nicht. Sie ist auch nicht mit zu einem der anderen gegangen."

„Ich habe mehrfach versucht, sie anzurufen. Aber es kommt sofort die Nachricht, dass der Teilnehmer nicht zu erreichen ist. Wann seid ihr denn nach Hause aufgebrochen? Wo habt ihr sie zuletzt gesehen?"

„Ja, also ... ", stottert Hannah. „Ähm, das war so: Miriam ist nicht bis zum Ende geblieben. Sie ist gegen 22.00 Uhr gegangen, weil sie sich mit Tim treffen wollte. "

Schweigen. Miriams Mutter atmet tief durch.

„Sie wollte sich mit Tim treffen? Diesem Nichtsnutz? Das ist ja nicht zu fassen! Sie weiß, dass wir das nicht gutheißen und sie geht trotzdem zu ihm. "

„Das tut mir leid, aber sie wollte unbedingt mit ihm sprechen. "

„Das ist ja nicht eure Schuld. Dann werde ich noch etwas abwarten. Vielleicht kommt sie ja gleich nach Hause. "

„Sagen Sie mir Bescheid, wenn Miriam wieder aufgetaucht ist? "

„Ja, das mache ich. Tschüss,Hannah und Danke. "

Als sie das Gespräch beendet hat, schlägt Hannah die Hände vors Gesicht. Bei dem Satz <Das ist ja nicht eure Schuld> verspürt sie einen Stich in der Herzgegend. Ihr ist so schlecht, dass sie meint, sich übergeben zu müssen.

Was wird jetzt alles auf sie und ihre Freunde zukommen? Wie soll sie die Befragungen der Polizei durchstehen? Sie, die sich sowieso über jeden noch so kleinen Vorfall viel zu viele Gedanken und ständig über etwas Sorgen macht.

„Was ist passiert? ", fragt die Mutter. Sie war vor Hannahs Bett stehen geblieben und will das Telefon wieder mitnehmen. In wenigen Sätzen erklärt ihr Hannah die Version des Abends, die sie mit ihren Freunden abgesprochen hat.

„Mein Gott. Hoffentlich ist ihr nichts passiert. Ihr hättet sie nicht allein gehen lassen dürfen", erwidert die Mutter sichtlich geschockt. „Du bist ganz blass. Soll ich dir einen Kräutertee machen? "

„Ja. Ich komme gleich runter. Ich gehe nur noch schnell ins Bad", entgegnet Hannah, obwohl sie lieber im Bett bleiben würde, um allen Fragen aus dem Weg zu gehen. Doch sie muss sich zusammenreißen. Als die Mutter ihr Zimmer verlässt, schaut Hannah auf den Wecker. Es ist 9.00 Uhr. Sie kann nicht viel geschlafen haben.

Dann nimmt sie ihr Handy vom Nachttisch und schreibt ihren Freunden eine SMS: <Frau Hebel hat gerade angerufen und nach Miriam gefragt. Ich habe gesagt, dass sie gegen 22.00 Uhr gegangen ist und angeblich zu Tim wollte.>

Anschließend geht sie die Treppe hinunter in die Küche und setzt sich an den großen Esstisch. Ihre Mutter stellt eine Tasse Kräutertee vor sie hin und setzt sich zu ihr.

Hannah steckt ein Kloß im Hals. Nur mühsam kann sie die Tränen zurückhalten. Als ihre Mutter sie ansieht, überkommt sie das Gefühl, als könne diese ihre Gedanken erraten. Hannah weicht ihrem Blick aus und starrt auf den Tisch, während sie den Tee in kleinen Schlucken trinkt. Mit beiden Händen hält sie die Tasse umfasst, so dass die Wärme ihren Körper durchströmt. Die innere Kälte kann sie jedoch nicht verdrängen.

„Was ist, wenn Miriam nicht wieder auftaucht?", fragt Hannah mit erstickter Stimme.

„Davon gehen wir erst einmal nicht aus. Vielleicht gibt es eine harmlose Erklärung dafür, dass sie noch nicht zu Hause ist. Möglicherweise hat sie bei Tim übernachtet und sie haben verschlafen", versucht die Mutter sie zu beruhigen.

„Das kann nicht sein. Sie wollte Tim sagen, dass er sie in Ruhe lassen soll. Sie will nichts von ihm. Und wenn sie bei Tim erst gar nicht angekommen ist? Wenn sie verschwunden bleibt?"

Hannah schluchzt leise vor sich hin.

„Beruhige dich. Wir ... "

In diesem Moment klingelt Hannahs Handy. Es ist Sarah. „Wir treffen uns um 11.00 Uhr auf dem Parkplatz am Aussichtsturm", sagt sie knapp.

„Ist gut. Bis gleich." Dann wendet sich Hannah wieder ihrer Mutter zu. „Das war Sarah. Ich habe vorhin noch schnell alle über den Anruf von Miriams Mutter informiert. Wir wollen uns deshalb um 11.00 Uhr treffen."

„Das ist eine gute Idee. Vielleicht könnt ihr nach Miriam suchen, wenn sie bis dahin nicht aufgetaucht ist. Oder ihr schaut einfach bei diesem Tim vorbei."

„Ja, vielleicht. Ich dusche jetzt noch schnell." Hannah steht auf und geht ins Badezimmer. Sie fühlt sich wie durch einen Fleischwolf gedreht: übermüdet und schlapp. Minutenlang lässt sie warmes Wasser auf ihr Gesicht prasseln. Könnte sie sich doch so einfach von ihrer Schuld reinwaschen.

Eine Stunde später verlässt Hannah das Haus. Es regnet. Mit gesenktem Kopf geht sie den Lindchenweg hinauf zum Aussichtsturm. Sie hat das Gefühl, als würden sie alle Spaziergänger anstarren. Deshalb zieht sie die Kapuze ihrer Regenjacke tief ins Gesicht. Als sie den Turm erreicht, warten die Freunde bereits auf sie.

„Wir gehen nach oben", entscheidet Ben.

Nacheinander steigen sie die unzähligen Stufen hinauf. Bei diesem Wetter ist außer ihnen niemand unterwegs. Trotz des wolkenverhangenen Himmels kann man von oben weit über das hügelige, grüne Homburger Land sehen. Doch keiner kann die schöne Aussicht genießen.

„Hast du in der Zwischenzeit noch etwas von Miriams Mutter gehört?", fragt Ben und schaut Hannah an.

„Nein."

„OK. Sag Bescheid, wenn sie sich wieder meldet. Es wird vermutlich nicht mehr lange dauern, bis sie bei Tim vor der Tür steht und dann die Polizei einschaltet."

„Hoffentlich funktioniert dein Plan." Andreas macht eine besorgte Miene.

„Das wird er. Dafür habe ich diese Nacht gesorgt."

„Was hast du getan?"

„Ich habe in Miriams Tasche nach ihrer Haarbürste gesucht und ein paar lange Haare entfernt. Die habe ich an der Antenne von Tims Auto befestigt. Außerdem lag in ihrem Portmonee eine Halskette. Die befindet sich jetzt unter dem Beifahrersitz. Wir sagen bei der Befragung durch die Polizei, dass sie diese bei der Maifeier getragen hat. Dann habe ich gesehen, dass die Rillen in den Reifen von Tims Auto voller Dreck waren. Also habe ich etwas davon entfernt und auf Miriams Tasche verteilt. Wenn die Spurensicherung das alles findet, wird er sofort zum Hauptverdächtigen."

„Die Idee ist genial", bemerkt Andreas, kann sich jedoch nicht darüber freuen.

„Das ist nicht genial, das ist niederträchtig." Hannahs Augen funkeln böse.

„Ich versuche meinen und euren Arsch zu retten. Darüber solltest du mal nachdenken."

„Ich will nicht gerettet werden. Ich will, dass Miriams Familie die Wahrheit erfährt."

„Ich habe heute Morgen schon versucht, dir etwas klar zu machen. Wenn du ein Wort sagst, mach ich dich fertig. Dann

wirst du dir wünschen, niemals geboren worden zu sein",
droht Ben und tritt einen Schritt auf Hannah zu.

„Lass sie in Ruhe", geht Andreas dazwischen. „Die Situation
ist für uns alle nicht einfach."

Plötzlich klingelt Hannahs Handy. Beim Blick auf das Display
bekommt sie Magenschmerzen. Jetzt ist es soweit. Ab sofort
werden sie keine ruhige Minute mehr haben. Zögerlich nimmt
sie das Gespräch an.

„Miriam war nicht bei Tim. Die Polizei ist gerade bei uns und
möchte mit euch sprechen. Könnt ihr bitte alle zusammen vor-
beikommen?" Die Stimme von Miriams Mutter klingt aufge-
regt.

„Ja, wir sind gleich bei Ihnen", verspricht Hannah und die
Freunde machen sich auf den Weg.

Rund zehn Minuten später erreichen sie Miriams Elternhaus.
Ben und Andreas parken ihre Autos an der Straße, denn ein
fremder PKW steht in der Einfahrt. Wieder steckt Hannah ein
Kloß im Hals. Als sie das Haus betreten, wird ihr schwindelig.
Sie hält sich an Sarahs Arm fest. Am liebsten würde sie um-
drehen.

Im Wohnzimmer sitzen Miriams Eltern, eine junge Frau und
ein junger Mann. Die Frau erhebt sich von ihrem Stuhl. „Mein
Name ist Julia Hauswald. Ich bin von der Kriminalpolizei und
das ist mein Kollege Alexander Thiele. Frau Hebel sagte mir,
dass ihr gestern Abend zusammen mit Miriam gefeiert habt?"
Bevor jemand antworten kann, übernimmt Ben die Aufgabe
des Sprechers. „Ja, das stimmt. Wir haben zusammen an dem
größeren der beiden Hexenweiher unterhalb von Spreitgen
gefeiert. Wir haben uns gegen 18.30 Uhr dort getroffen und

gegrillt. Miriam ist allerdings gegen 22.00 Uhr gegangen, um sich mit Tim Ranke zu treffen. Der stand voll auf sie und sie wollte ihm klarmachen, dass sie nichts von ihm will. Das war's."

"Wo wollte sie sich mit ihm treffen?", will Kommissarin Hauswald wissen.

"Auf dem Parkplatz von Schloss Homburg."

"Und ihr habt sie ganz allein gehen lassen? Es war doch um diese Zeit schon stockdunkel."

"Sie wollte nicht, dass jemand von uns mitkam. Sie hatte keine Angst."

"Kam euch das nicht merkwürdig vor, dass sie sich ausgerechnet an diesem Abend mit ihm verabredet hat? Ihr wolltet doch zusammen feiern?"

"Das schon. Aber sie hat gesagt, dass sie ihm nachmittags begegnet war und er nach einem Treffen gefragt hat."

Hannah beobachtet aus den Augenwinkeln die Reaktionen der Freunde. Alle starren betreten zu Boden. Ben hat sich wirklich eine glaubhafte Geschichte ausgedacht und sie überzeugend vorgetragen. Sie muss sich seine Schilderungen gut merken, um nichts durcheinander zu werfen, falls sie später einmal danach gefragt werden sollte.

"Hat niemand von euch später versucht sie anzurufen, um zu fragen, wie die Aussprache verlaufen ist?" *Die Kommissarin runzelt die Stirn.*

"Nein, warum?", *fragt Ben.*

"Habt ihr euch keine Sorgen gemacht? Es war bestimmt keine leichte Situation für Miriam, ihn zurückzuweisen."

"Ich hatte mit ihr verabredet, dass wir heute Morgen telefonieren würden und sie mir alles erzählt", *schaltet sich Sarah*

ein.

„Wie lange habt ihr gefeiert?"

„Bis 1.00 Uhr."

„Und dann?"

„Wir sind alle zusammen zu Fuß nach Hause gegangen. Ich habe mein Auto an der Straße nach Spreitgen stehen lassen, weil ich getrunken hatte", erklärt Ben.

„Danke. Das war es dann zunächst einmal."

„Was werden Sie jetzt unternehmen?", fragt Hannah. Sie fürchtet sich vor dem, was weiterhin passieren wird.

„Wir werden zuerst mit Tim sprechen. Gegenüber Frau Hebel hat er gesagt, dass er sich nicht mit Miriam getroffen hat und nicht weiß, wo sie ist. Aber vielleicht ist das gelogen und sie ist bei ihm. Wenn wir sie dort nicht antreffen, werden wir einen Suchtrupp zusammenstellen und die Umgebung durchkämmen."

„Wenn es zu einer Suche kommt, werden wir natürlich dabei helfen. Das sind wir Miriam schuldig", bietet Ben großzügig an.

Die Kommissarin lächelt. „Das ist eine gute Idee."

Eine Stunde später spricht Kommissarin Hauswald mit Tim. Natürlich bestreitet er, mit Miriam verabredet gewesen zu sein und zeigt der Polizei bereitwillig seine Wohnung. Keine Miriam.

Eine weitere Stunde später trifft ein Suchtrupp der Polizei am Hexenweiher ein, ebenfalls eine Beamtin mit einem Personenspürhund. Miriams Mutter übergibt der Polizei einen Pullover ihrer Tochter, damit der Hund den Geruch aufnehmen kann. Dann folgt er dem Weg, den die Freunde am gestrigen Abend

zu Fuß von Nümbrecht hinunter gegangen waren. Kurz vor
der Kreuzung Spreitger Weg Höhenstraße, entdeckt der Spür-
hund Miriams Handtasche und Salatschüssel im Gebüsch. Die
Spurensicherung stellt fest, dass es die Art Erde auf der Ta-
sche nicht an der Fundstelle gibt. Daraufhin überprüft einer
der Beamten Tims Auto. Dabei entdeckt er die gleiche Erde im
Reifenprofil. Bei weiteren Untersuchungen stellt die Spuren-
sicherung rote Haare an der Antenne sicher und findet
Miriams Halskette unter dem Beifahrersitz. Aus diesem Grund
nehmen die Kommissare Tim zum Verhör mit aufs Revier. Die
Freunde sehen sich zu diesem Zeitpunkt in Nümbrecht nach
Miriam um und sind ein paar hundert Meter von Tims Haus
entfernt. Vor ihren Augen wird dieser von der Polizei in Hand-
schellen abgeführt.

„Lasst mich sofort los! Ich habe nichts getan!", brüllt er und
versucht sich loszureißen. Doch zwei Beamte halten ihn mit
eisernem Griff und zerren ihn Richtung Streifenwagen. Dort
angekommen, stemmt Tim einen Fuß gegen das Fahrzeug. Ei-
ner der Polizisten schiebt das Bein zur Seite, drückt seinen
Kopf nach unten und setzt ihn hinein.

In diesem Moment wird Hannah das ganze Ausmaß ihrer Lüge
bewusst. Wenn er aufgrund der Indizien verurteilt wird, muss
er ins Gefängnis. Sein Leben wäre zerstört. Aber auch, wenn
er später aus Mangel an Beweisen freigesprochen wird, ver-
ändert dieses Verfahren sein ganzes Leben: Im Zusammen-
hang mit Miriams Verschwinden wird immer wieder sein
Name fallen, die Leute zeigen mit dem Finger auf ihn und mei-
den ihn. Auch wenn er wahrhaftig kein Unschuldslamm ist, so
etwas hat er nicht verdient.

„Das war's. Ich will nichts mehr mit euch zu tun haben", sagt

Hannah plötzlich.

Alle starren sie an.

„Hannah, was soll das? Wir sind doch Freunde." Sarah schaut sie erschrocken an.

„Tolle Freunde, die einen dazu zwingen, einem Unschuldigen unseren Fehler in die Schuhe zu schieben und sein Leben zu zerstören. Könnt ihr euch eigentlich noch im Spiegel ansehen?" Natürlich ist Hannah bewusst, dass allein Ben für diese unglaubliche Lüge verantwortlich ist. Doch den anderen wirft sie vor, sich nicht gemeinsam mit ihr gegen ihn aufzulehnen.

Die Freunde schauen betreten zu Boden. Alle, außer Ben. Dabei hat sie insgeheim gehofft, dass ihre Worte die anderen zum Nachdenken bringen und sie sich mit ihr gegen Ben verbünden würden.

„Ich habe keine Lust ins Gefängnis zu gehen. Tim wird endlich für das bestraft, was er uns angetan hat. Da habe ich kein Mitleid. Ich warne euch, wenn ihr ..."

„Dann was?", fragt Sarah, die Hannahs Worte sehr getroffen haben. „Werden wir auch im Hexenweiher versenkt?"

„Vielleicht. Vielleicht gibt es aber noch andere Möglichkeiten. Zum Beispiel ein geschickt eingefädelter Rufmord, der euch das Leben schwer machen wird ..."

„Hast du eigentlich gar keine Skrupel deinen Freunden zu drohen?", mischt sich Andreas ein.

Ben ballt die Fäuste. „Mir reicht's." Er dreht sich um und geht.

„Uns auch. Es wird keine weiteren Treffen in diesem Kreis mehr geben."

Kapitel 27

Tagelang sucht die Polizei in Nümbrecht und Umgebung nach Miriam. Sie durchkämmen den Kurpark und die Gegenden um Aussichtsturm, Schloss Homburg, Spreitgen und die Hexenweiher. Doch außer ihrer Tasche und der Salatschüssel finden sie keine weitere Spur von ihr. Genauso, wie Ben es geplant hat.

Miriams Eltern sind völlig verzweifelt. Sie hoffen inständig, dass ihre Tochter wieder auftaucht und lassen nichts unversucht, um sie zu finden. Mehrere Tage durchstreifen sie, unterstützt von Freunden und Familie, die Wälder rund um Nümbrecht. Ohne Erfolg.

Auch Miriams 10-jährige Schwester Victoria leidet sehr unter dem Verlust und spricht kein Wort mehr. Sie starrt wie hypnotisiert vor sich hin und benötigt permanent Betreuung. Das macht die Situation für die Eltern noch unerträglicher. Die Mutter gibt ihre Arbeitsstelle auf, um sich rund um die Uhr um Victoria zu kümmern. Innerhalb weniger Monate altern die Eltern sichtlich: Die Haare werden grau, die Gesichter eingefallen.

Ein Jahr später, nach Tims Verurteilung, zieht die Familie nach Köln, um der Umgebung zu entfliehen, in der sie alles an ihre verschwundene Tochter erinnert. Danach hören die Mitglieder der ehemaligen Clique nichts mehr von ihnen.

Tim sitzt zunächst mehrere Monate in Untersuchungshaft. In einem Indizienprozess wird er schließlich zu lebenslanger Haft verurteilt. Die Haare an der Antenne seines Autos, die nachweislich von Miriam stammen, die gleiche Erde an ihrer Handtasche und seinen Reifen und die unter dem Beifahrersitz gefundene Halskette, reichen den Richtern für eine Verurteilung. Sie gehen davon aus, dass es bei dem Treffen der beiden zum Streit kam und er sie umgebracht hat.

Kurz nach seiner Verurteilung begegnet Hannah beim Einkaufen in Nümbrecht Tims Bruder. Dieser wirkt verbittert und macht keinen Hehl daraus, dass er sie und ihre früheren Freunde hasst, weil sie bei der Polizei ausgesagt haben, dass sich Tim in der Mainacht mit Miriam treffen wollte und er daraufhin festgenommen wurde.

„Na, Gewissensbisse, dass ihr einen Unschuldigen ins Gefängnis gebracht habt?", raunt er ihr zu, als er im Supermarkt aus dem gleichen Regal wie Hannah etwas herausnimmt.

„Wir haben nur ausgesagt, was Miriam uns erzählt hat", verteidigt sich Hannah, entfernt sich ein paar Schritte von ihm und nimmt etwas von einer Palette.

Er schnaubt verächtlich und folgt ihr. „Eines sage ich dir: Irgendwann werdet ihr das bereuen. Hast du eine Ahnung wie das ist, im Gefängnis zu sitzen? Tag für Tag die Wände anzustarren, während draußen das Leben ohne dich weitergeht? Und das Ganze unschuldig! Tim leidet, er hat den Glauben an die Gerechtigkeit verloren und ist vollkommen verzweifelt. Wir machen uns große Sorgen und haben Angst, dass er sich etwas antut. Kannst du dir vorstellen, wie es unseren Eltern geht?"

Hannah schaut beschämt zu Boden. Dann geht sie weiter, sucht die Nähe anderer Kunden. Doch Tims Bruder folgt ihr wie ein Schatten.

„Weißt du, wie man sich fühlt, wenn man den Richtern klar machen will, dass man unschuldig ist, aber niemand glaubt dir? Ja, davon willst du nichts hören."

„Es tut mir leid, dass Tim im Gefängnis sitzt. Aber was sollten wir denn tun? Miriam hat gesagt, dass sie sich mit ihm treffen will, als sie unsere Feier verlassen hat. Und jetzt lass mich bitte in Ruhe." Hannah fühlt sich schlecht.

„Hallo Hannah. Wie geht es dir?" Sie atmet erleichtert auf, als sie die Stimme ihres Cousins Frederick vernimmt. Jetzt lässt Tims Bruder sie endlich in Ruhe und entfernt sich.

<Kommt in einer halben Stunde zum Aussichtsturm. Es geht um Tim.> Noch vom Supermarkt aus schreibt Hannah den früheren Mitgliedern der Clique eine SMS. Außer zu Sarah hat sie zu niemandem mehr Kontakt. Die anderen sieht sie zwar zwangsläufig in der Schule, ansonsten meidet Hannah jegliche Begegnung.

Schnell bringt sie ihre Einkäufe nach Hause und geht anschließend zum Aussichtsturm. Als sie dort eintrifft, warten die anderen bereits auf sie.

„Ich hoffe, es ist wichtig, was du uns zu sagen hast. Du hast mich beim Golf spielen gestört. Also was gibt es?", fragt Ben unwirsch.

„Tims Bruder hat mir gedroht, dass wir unsere Aussage bei der Polizei bereuen werden", berichtet Hannah.

„Deshalb bestellst du uns hierher? Der labert doch nur. Oder glaubst du etwa, dass er uns alle umbringen wird?" Ben lacht

höhnisch.

„Hast du eine Vorstellung davon, wie es Tim geht?"

„Das ist mir egal. Ich will nur, dass meine Karriere nicht durch diese Sache gefährdet wird."

„Du bist ein Arschloch. Wegen uns sitzt Tim lebenslänglich im Gefängnis. Hast du immer noch kein Mitgefühl?"

„Mitgefühl ist etwas für Schwächlinge. Wenn du es im Leben zu etwas bringen willst, musst du stark sein. Falls du nichts weiter zu sagen hast, bin ich weg. Du verschwendest meine Zeit."

Und schon steigt er in sein Auto und fährt davon, während die anderen zurückbleiben.

„Was sagt ihr zu der Drohung?", fragt Hannah und schaut in die Runde.

„Wir müssen ruhig bleiben. Der wird uns nichts tun. Er wird nicht riskieren, auch im Gefängnis zu landen. Vielmehr wird er versuchen, die Wahrheit herauszufinden und zu beweisen, dass sein Bruder unschuldig ist. Wir müssen also auf der Hut sein", sagt Andreas.

„Wir hätten von Anfang an die Wahrheit sagen sollen", jammert Kirsten. „Das Geschehene wird uns den Rest unseres Lebens verfolgen."

„Wenn wir uns alle an die abgesprochene Version halten, kann uns nichts passieren", mischt sich Michael ein.

„Das mag sein, aber wir werden immer mit der Angst leben, dass die Geschichte doch irgendwann herauskommt." Sarah bereut ebenfalls, dass sie sich von Ben zu einer Lüge haben zwingen lassen.

„Ihr dürft nicht die Nerven verlieren." Andreas ist wütend. „Wir müssen zusammenhalten. Wir sind doch Freunde!"

„Freunde?", schnaubt Sarah verächtlich, geht ein paar Schritte auf Andreas zu und stößt ihn mit beiden Händen vor die Brust, so dass er zurücktaumelt. „Das sind wir schon lange nicht mehr. Hast du das vergessen? Freunde setzen sich gegenseitig nicht unter Druck, um eine Straftat zu verschweigen. Und sie bringen sich untereinander nicht in Situationen, in denen sie sterben." Sarah ärgert sich, dass Andreas so leichtfertig mit dem Thema Freundschaft umgeht.

Andreas ergreift Sarahs Handgelenke und zieht sie drohend zu sich heran. „Jetzt hört mir gut zu. Und zwar alle. Ihr werdet verdammt nochmal den Mund halten. Sonst habt ihr nicht nur Ben im Nacken, sondern auch mich."

„Und mich auch." Michael stellt sich demonstrativ neben Andreas, um dessen Aussage zu untermauern.

„Lass sie los", fordert Hannah und schlägt mit den Fäusten auf Andreas ein.

Daraufhin wendet er sich von Sarah ab. „Ihr tickt ja nicht mehr sauber. Ihr wollt doch nicht eure Zukunft versauen, oder?"

„Das ist sie schon. Wir haben ein Menschenleben auf dem Gewissen und jemanden unschuldig ins Gefängnis gebracht. Daran werden wir immer denken", sagt Hannah bitter. „Bis zum Abi lassen sich Begegnungen mit euch nicht vermeiden, aber ich werde euch so weit wie möglich aus dem Weg gehen. Danach will ich euch nie mehr wiedersehen."

Von diesem Moment an geht es Hannah immer schlechter. Ständig wird sie von Angstzuständen und Weinkrämpfen geplagt. Nach ein paar Tagen ruft sie Sarah an, zu der sie als einziges den Kontakt nicht abgebrochen hat.

„*Kannst du vorbeikommen? Mir geht es nicht gut*", bittet Hannah.

„*Was ist los?*", fragt Sarah.

„*Ich habe schreckliche Angst. Ich kann nicht mehr aus dem Haus gehen.*"

„*Wovor hast du Angst?*"

„*Ich träume jede Nacht von der Hexenprobe. Ich werde die Bilder nicht mehr los und sehe immer wieder Miriam vor mir, wie sie im Wasser untergeht. Sie schaut mir direkt ins Gesicht. Ich kann nicht mehr schlafen. Meine Eltern meinen, der Schmerz über das Verschwinden von Miriam wird mit der Zeit nachlassen. Aber sie haben ja keine Ahnung, welche Schuld wir auf uns geladen haben.*"

„*Seit wann geht es dir so schlecht?*"

„*Schon länger.*"

„*Du musst zum Arzt gehen. Der wird dir Medikamente zur Beruhigung verschreiben.*"

„*Aber was soll ich ihm sagen?*"

„*Sag einfach, dass dir das Verschwinden von Miriam sehr nahe geht. Dass du dir Vorwürfe machst, dass wir sie allein haben gehen lassen und du ständig deswegen Alpträume hast. Das klingt einleuchtend und man wird es dir glauben.*"

Nachdem Hannah endlich einen Psychiater aufgesucht hat, nimmt sie regelmäßig Medikamente gegen ihre Depressionen und Besuche beim Psychotherapeuten stehen auf der Tagesordnung.

Kapitel 28

Schweißgebadet schreckt Hannah aus dem Schlaf hoch. Der Pyjama klebt an ihrem Körper, die Haare am Kopf. Ihr Puls rast, der Atem ist flach. Mit klopfendem Herzen sitzt sie aufrecht im Bett und blickt starr geradeaus. Sie braucht einige Minuten, um zu realisieren, dass sie wieder geträumt hat. Der Traum war derart real gewesen, dass sie die schlimmsten Tage ihres Lebens mit allen Einzelheiten erneut durchlebt hat. Wie so oft in den letzten zehn Jahren.

Sie schaut auf die Uhr. Es ist neun. Zeit, reinen Tisch zu machen. Auch, wenn sie damit den Zorn der einstigen Clique auf sich zieht. Doch sie will endlich ihr Gewissen erleichtern. Sich wieder im Spiegel anschauen können. Auch Miriams Eltern haben ein Recht auf die Wahrheit, damit sie mit der Sache abschließen können. Das ist Hannah klarer als je zuvor.

Sie springt aus dem Bett, geht ins Bad und verlässt zehn Minuten später das Haus. In der Einfahrt begegnet sie Sarah und Ben.

„Ich gehe zur Polizei und mache eine Aussage", erklärt Hannah entschieden und will an den beiden vorbeigehen.

„Das wirst du nicht", zischt Ben und hält sie zurück.

„Lass uns reingehen und reden", schlägt Sarah vor und ergreift den Arm der Freundin.

Hannah reißt sich los. „Ich will nicht reden! Ich will, dass die Wahrheit endlich ans Licht kommt. Es war ein tragisches Unglück. Wahrscheinlich wären wir mit einer relativ milden

Strafe davongekommen. Aber mit diesem Geheimnis kann und will ich nicht mehr länger leben. Die Schuldgefühle fressen mich von innen auf", schluchzt Hannah und bricht in Tränen aus.

Sarah und Ben haken sich rechts und links bei ihr ein und begleiten sie zurück ins Haus.

Im Flur begegnen sie Hannahs Nachbarin Linda.

„Was ist passiert?", fragt Linda erschrocken.

„Ihre Depressionen werden wieder schlimmer", raunt Sarah ihr zu. „Wir kümmern uns um sie."

Linda schüttelt mitfühlend den Kopf. „Wie schrecklich, dass ein so junger Mensch schon seit Jahren damit zu kämpfen hat. Gut, dass ihr sie nicht alleine lasst."

Im Wohnzimmer legt sich Hannah aufs Sofa. Während sich Sarah in einen Sessel setzt, geht Ben mit finsterer Miene im Wohnzimmer auf und ab. Seine rechte Hand ist zur Faust geballt. Ausgerechnet jetzt, wo er einen Traumjob in Hamburg in Aussicht hat, wird dieser Rachefeldzug gestartet und Hannah dreht durch. Mehrfach atmet er tief ein und aus, blickt aus dem Fenster in den Garten. Dann dreht er sich abrupt um.

Seine Augen funkeln. „Ich sage es dir jetzt ein letztes Mal, Hannah, und zwar ganz deutlich. Wenn du zur Polizei gehst, bist du tot."

„Hör auf ihr zu drohen. Sie muss sich erst einmal beruhigen", schimpft Sarah. „Wir reden später. Sie ist viel zu aufgewühlt. Ich hole ihr eine Beruhigungstablette, damit sie zur Ruhe kommt."

„Lass mich das übernehmen", mischt sich Ben ein. „Bleib du bei ihr, damit sie keine Dummheiten macht."

Er geht in die Küche, wo die Medikamente in einem Regal des

148

Küchenschrankes liegen. Sekundenlang betrachtet er eine volle Packung Tabletten, dreht und wendet sie in seiner Hand hin und her. Was wäre, wenn …? Dann füllt er ein Glas mit Orangensaft, nimmt einen Streifen nach dem anderen aus der Packung, drückt die Tabletten in den Saft und rührt eine Weile.

„Hast du die Beruhigungstabletten gefunden?", ruft Sarah aus dem Wohnzimmer.

„Ja. Ich habe mit dem Saft gekleckert, das muss ich noch schnell wegwischen."

Mit dem Glas und zwei Tabletten in der Hand kehrt er ins Wohnzimmer zurück und reicht Hannah beides wortlos. Dann setzt er sich ebenfalls in einen Sessel. Schweigend warten sie, bis Hannah kurz darauf eingeschlafen ist.

„Sarah, lass uns gehen. Unser Problem ist gelöst", sagt Ben erleichtert.

Sarah sieht ihn erstaunt an. „Was meinst du damit?"

„Hannah wird nicht mehr aufwachen. Ich habe eine ganze Packung Schlaftabletten im Saft aufgelöst."

Kapitel 29

„Bist du wahnsinnig?", bringt Sarah fassungslos hervor. Sie wird kreidebleich im Gesicht. „Sie ist unsere Freundin!"

„Sei still. Hannah und ich waren nie Freunde. Sie war eine tickende Zeitbombe. Jeder wird denken, sie hätte sich selbst umgebracht."

„Du bist nicht derjenige, der über Leben und Tod entscheidet. Ich wünschte, wir hätten dich niemals kennengelernt", sagt Sarah aufgebracht, springt vom Sessel auf und holt ihr Handy aus der Jackentasche.

„Was machst du?", fragt Ben unwirsch und erhebt sich ebenfalls.

„Ich rufe einen Krankenwagen."

Ben reißt ihr das Handy aus der Hand. „Das wirst du nicht, sonst …"

„Sonst was? Wirst du mich auch umbringen?"

Bens eiskalter Blick sagt Sarah, dass er genau das tun würde. Sie weicht ein paar Schritte zurück. Er rückt drohend näher.

„Wag es nicht, mich anzurühren."

Sarah geht Schritt für Schritt auf Abstand. Ben folgt ihr. Sie greift nach einer Wasserflasche auf dem Tisch, schleudert sie in seine Richtung. Er duckt sich blitzschnell. Die Glasflasche prallt gegen die Wand und zerbricht mit einem lauten Knall.

„Du kleine Schlampe. Du wagst es nicht noch einmal, mich anzugreifen." Ben steigt die Zornesröte ins Gesicht.

„Hilfeee!", schreit Sarah so laut sie kann.

Doch niemand hört sie. Die anderen Hausbewohner sind um diese Zeit zur Arbeit, die Nachbarn ebenfalls.

Trotzdem probiert sie es noch einmal. „Hilfeeee!"

„Sei still", befiehlt Ben. Dann macht er einen Satz auf sie zu, hält ihr den Mund zu und drückt sie gegen die Wand.

Mit weit aufgerissenen Augen starrt Sarah ihn an, versucht verzweifelt seine Hand zu entfernen. Vergeblich. Er ist zu stark. Plötzlich löst er sie. Sarah will schreien, doch es gelingt ihr nicht, denn Ben legt ihr blitzschnell beide Hände um den Hals und drückt zu.

Sarah ringt verzweifelt nach Luft, schlägt gleichzeitig mit den Fäusten auf Ben ein. Das beindruckt ihn nicht. Dann merkt sie, wie ihre Kräfte nachlassen. Aber die Todesangst ist größer. Noch einmal bäumt sie sich auf und tritt ihm zwischen die Beine.

Er lässt von ihr ab, sie will fliehen. Doch Kraftlosigkeit und Luftnot zwingen sie in die Knie. Sie stolpert ein paar Schritte nach vorne und stürzt zu Boden. Ben krümmt sich vor Schmerzen. Trotzdem ist sein Wille stärker, Sarah nicht entkommen zu lassen. Er schleppt sich zu einem Regal und nimmt eine Bronzeskulptur heraus.

Sarah ahnt, was er vorhat, und robbt auf allen vieren hinüber zur Zimmertür. Ben holt sie ein, hebt die Skulptur in die Höhe und schlägt mit unbändiger Wut zu.

Sarah geht der Länge nach zu Boden und bleibt regungslos liegen. Blut quillt aus einer Wunde am Hinterkopf und breitet sich auf dem Laminat aus.

Keuchend steht er neben ihr und starrt auf sie nieder. Minutenlang, bis der Schmerz nachgelassen und sein Atem sich wieder beruhigt hat. Dann fühlt er Sarahs Puls. Sie ist tot.

Er wischt die Bronzeskulptur ab, legt sie kurz in Hannahs rechte Hand und lässt sie anschließend auf den Fußboden neben Sarah fallen. Alles sieht so aus, als habe Hannah ihre Freundin erschlagen und dann Selbstmord begangen.

Kapitel 30

Die Gestalt, die im Schutz der Sträucher auf der gegenüberliegenden Straßenseite nur ein paar Meter von Hannahs Terrassentür entfernt steht, drückt auf die Stopp Taste ihres Smartphones. „Perfekt", murmelt sie leise.

Dann holt sie ein altes Prepaid-Handy mit einer nicht registrierten SIM-Karte hervor und schreibt eine SMS an Michael.

<Du musst sofort zu mir nach Hause kommen. Es ist etwas Schreckliches vorgefallen. Ben.>

Nur wenige Sekunden später geht eine Nachricht ein.

<Was ist passiert?>

<Sarah und Hannah sind tot.> Schreibt die Person zurück.

Dieses Handy würde sie vor Bens Haus in die Mülltonne oder unter einen Strauch werfen, nachdem sie ihre Fingerabdrücke abgewischt hat.

Während sie beobachtet, wie Ben seine Jacke anzieht und Hannahs Wohnung verlässt, vibriert das Prepaid-Handy in ihrer Hand.

<Bin in einer halben Stunde bei dir. Michael.>

Die Person lächelt. Alles läuft wie geplant.

Dann zieht sie die Kapuze ihrer Jacke tiefer ins Gesicht und geht zu Bens Haus in der Höhenstraße. Für das „große Finale" muss sie rechtzeitig dort sein.

Rund zwanzig Minuten später setzt sie sich auf eine Mauer auf der gegenüberliegenden Straßenseite von Bens Haus und tut so, als ob sie sich mit ihrem Smartphone beschäftigt. Niemand wird Verdacht schöpfen, denn sie hat sich für den Aufenthalt in Nümbrecht zwei Krücken besorgt. Für die Anwohner sieht es so aus, als ruht sich eine Patientin der Reha-Klinik auf ihrem Spaziergang etwas aus.

Von ihrem Platz aus kann sie Bens Wohnzimmer gut einsehen. Es ist lediglich von ein paar Ästen verdeckt. Diese lassen ihr jedoch genug Sicht.

Ungefähr zehn Minuten später nähert sich ein Kombi mit Kölner Nummernschild. Er hält mit quietschenden Reifen vor Bens Haus. Ein älteres Ehepaar, das im Vorgarten seines Hauses Blumen pflanzt, fährt erschrocken herum.

Genau in diesem Augenblick drückt die vermeintliche Patientin auf „Versenden". Um das Video vom Mord an Hannah und Sarah an Michael zu senden, hat sie ein drittes Handy genutzt. Ebenfalls Prepaid und nicht registriert.

Wie erwartet, bleibt Michael noch einen Moment im Wagen sitzen und schaut auf sein Smartphone. Er fährt sich mit der freien Hand durch die Haare und schlägt anschließend aufs Lenkrad ein. Dann öffnet er die Fahrertür, stürzt mit dem Handy in der Hand aus dem Auto und läuft zur Tür. Er drückt auf die Klingel, mehrmals hintereinander. Gleichzeitig schlägt er mit der Faust gegen die Tür.

„Mach endlich auf", ruft Michael.

„Hey, was soll das?", schimpft Ben, als er öffnet.

„Du Schwein", schnauzt Michael Ben an, drängt ihn in den Hausflur hinein und wirft die Haustür hinter sich zu.

Die Gestalt auf der Mauer kaut hektisch auf ihrem Kaugummi. Schade, dass sie nicht so einen Logenplatz wie vor Hannahs Wohnzimmer hat. Aber es wäre zu auffällig, sich hinter einem Baum in Bens Garten zu positionieren. Sie muss sich also mit der zweiten Reihe zufriedengeben.

Wie erwartet erscheinen die beiden kurz darauf im Wohnzimmer. Michael redet aufgeregt auf Ben ein, schubst ihn vor sich her. Ben geht immer weiter rückwärts, versucht sich zu wehren. Doch der einen Kopf größere Michael ist ihm körperlich überlegen. Er packt ihn mit einer Hand am Kragen. Mit der anderen hält er Ben sein Handy vor die Nase. Michael brüllt ihn an und schüttelt ihn. Ben rudert mit den Armen. Dabei bekommt er mit der linken Hand einen schweren Aschenbecher im Regal zu fassen. Damit schlägt er blitzschnell zu. Michael geht wie ein gefällter Baum zu Boden.

„Sehr gut!", murmelt sie und drückt noch einmal das „Versenden" Feld des dritten Handys. In wenigen Minuten wird es hier im beschaulichen Nümbrecht erneut vor Polizisten wimmeln.

Kapitel 31

In aller Ruhe erhebt sich die junge Frau mit den langen roten Haaren von der Mauer und geht langsam davon, gestützt auf ihre Krücken. Ihr Plan ist zu hundert Prozent aufgegangen.

Sie lächelt zufrieden. Die arme, traumatisierte Victoria wird niemand für die Mörderin von Kirsten und Andreas halten. Zu geschickt war sie bei diesen Taten vorgegangen. Für sie war es ein wahrer Glücksfall, dass Tim aus dem Gefängnis ausgebrochen war und die Polizei ihre Eltern darüber informiert hat. In nur einem Tag entstand ihr genialer Plan. Lediglich einmal lief dieser Gefahr, durchkreuzt zu werden. Und zwar zu dem Zeitpunkt, als Ben und Sarah zur Hütte von Tims Großvater kamen. Damit hatte sie nicht gerechnet, denn sie selbst hatte das Versteck nur durch Zufall entdeckt.

Lange hatte sie auf eine Möglichkeit für die Rache am Tod ihrer Schwester Miriam gewartet. Über viele Jahre hinweg war sie immer wieder nach Nümbrecht zurückgekehrt, wenn sie zu Besuch bei ihren Großeltern in Wiehl war, hatte die Gewohnheiten und das Leben der früheren Freunde ihrer Schwester genau studiert. Schließlich übte sie akribisch Tims Handschrift, die sie aus einem an Miriam gerichteten Brief kannte, und lenkte so den Verdacht der Freunde auf ihn. Ihre Absicht war es, mit den Morden an Kirsten und Andreas und den Nachrichten Angst zu schüren, so dass die Freunde in Streit gerieten und sich selbst zerfleischten.

Den Anfang ihres Rachefeldzuges startete sie jedoch im Supermarkt. Welch ein Glück, dass sie ein Ebenbild Miriams war. So gelang es ihr, Hannah aus der Fassung zu bringen. Ben war nicht so einfach zu beeindrucken, denn er hatte ihr Zeichen mit der roten Haarsträhne am Außenspiegel seines Autos einfach als unwichtig abgetan. Und Sarah hielt sich später äußerst tapfer, obwohl sie nach dem Einbruch in ihre Wohnung anfangs ziemlich verstört wirkte.

Die Morde an Hannah und Sarah kann die Polizei jetzt durch das Video eindeutig Ben zuordnen. Beim späteren Gerichtsverfahren wird dann hoffentlich die ganze Wahrheit über Miriams Tod ans Licht kommen und Tims Unschuld wäre gleichzeitig bewiesen.

Wenn die Polizei in wenigen Augenblicken eintrifft, findet sie eine weitere Leiche in Bens Haus vor. Für seine Taten wird er lebenslang ins Gefängnis gehen. Das war Victorias Plan: Alle sollten ihre Strafe im Tod finden. Alle, außer Ben. Er soll das bekommen, was er um jeden Preis vermeiden wollte: Er soll mit der Schande leben, dass jeder weiß, was die Freunde damals getan haben, dass sie Miriam getötet und mit Tim einen Unschuldigen ins Gefängnis gebracht haben. Seine Familie wird sich hoffentlich aus Scham von ihm abwenden, und wenn er nach vielen Jahren aus dem Gefängnis kommt, wird er nie wieder eine Stelle als Anwalt finden. Das ist für ihn eine schlimmere Strafe als der Tod.

Als die ersten Polizeiwagen vor Bens Haus halten, dreht sich Victoria noch einmal um. Sie will sehen, wie er in Handschellen abgeführt wird. Damals als Zehnjährige hatte sie sich heimlich aus dem Elternhaus geschlichen und war Miriam zu den Hexenweihern gefolgt. Sie wollte doch auch in den Mai feiern. Und dann musste sie hilflos zusehen, was man ihrer Schwester angetan hat. Sie war es Miriam schuldig, die sogenannten Freunde nicht ungeschoren davonkommen zu lassen. Jetzt hat Victorias Seele endlich Ruhe gefunden. Wie sehr hat ihre Familie unter Miriams Verschwinden gelitten. Ihre Eltern haben in all der Zeit nie die Hoffnung aufgegeben, dass Miriam eines Tages zurückkehren würde, dass Tim sie nicht umgebracht hat und sie von einem Komplizen festgehalten würde. Sie selbst hat in den ersten Jahren nicht mehr gesprochen. Zu tief saß der Schock. Und später hat sie sich nicht mehr getraut, die Wahrheit zu sagen.

Das traumatische Erlebnis hatte schließlich einen anderen Menschen aus ihr gemacht: kalt, erbarmungslos und besessen von Rachegefühlen.

Epilog

Am nächsten Tag bekommt Victoria Besuch von ihren Eltern. Beide sehen blass und mitgenommen aus. Die drei sitzen auf ihrem gemütlichen Ecksofa im Wohnzimmer ihrer kleinen Erdgeschosswohnung in Köln Merkenich. Vor ihnen auf dem Couchtisch in ausgefallenem Design stehen Teekanne und drei Tassen aus dem Service ihrer Großeltern.

„Wie geht es Dir? Hast du die Grippe gut überstanden?", fragt ihre Mutter.

„Ja, mir geht es gut. Ab morgen besuche ich auch wieder die Berufsschule."

„Ich hätte dir gerne etwas zu Essen vorbeigebracht, aber du wolltest ja nicht."

„Das war wirklich nicht nötig. Ich habe fast nur im Bett gelegen und hatte kaum Hunger." Victoria lässt ihren Blick durch die Terrassentür in den Garten schweifen.

„Da ist etwas, was wir dir sagen müssen, bevor du es aus der Zeitung erfährst. Das ist auch der Grund für unseren Besuch." Der Vater schaut betreten zu Boden. „In Nümbrecht hat es in den vergangenen Tagen mehrere Morde gegeben."

Victoria Augen weiten sich. „Mehrere Morde im kleinen Nümbrecht?", wiederholt sie entsetzt.

„Ja. Und du kennst die Toten. Es sind Sarah, Hannah, Kirsten, Michael und Andreas."

Victoria schlägt die Hände vors Gesicht. „Mein Gott. Dass ist ja Miriams kompletter Freundeskreis! Nur Ben lebt noch.

Weiß man schon, wer es war?"

Der Vater holt tief Luft. „Die Polizei hat Ben festgenommen. Er hat gestanden, Hannah, Sarah und Michael umgebracht zu haben. Wer Kirsten und Andreas getötet hat, weiß man noch nicht. Das hat Ben nicht zugegeben."

„Das ist ja furchtbar. Warum hat Ben das getan?"

„Das ist eine unfassbare Geschichte. Deine Mutter und ich haben schon viel geweint. Ben hat nicht nur gestanden die drei aus Angst umgebracht zu haben, weil sie zur Polizei gehen und ihr Gewissen erleichtern wollten, er hat auch ausgesagt, was in der Nacht von Miriams Verschwinden geschehen ist."

„Was ist passiert?" Victoria ist gespannt, ob dieses Arschloch tatsächlich die ganze Wahrheit gesagt hat.

Langsam und immer wieder stockend erzählt der Vater das, was sich in der Mainacht zugetragen hat. Ben hat also reinen Tisch gemacht. Zwischendurch versagt dem Vater mehrfach die Stimme, die Mutter weint. Auch Victoria steigen die Tränen in die Augen, schließlich hat sie den Tod ihrer Schwester und die folgende Verschwörung der Freunde hautnah mitbekommen.

„Jetzt will die Polizei im Hexenweiher nach Miriams Überresten suchen", schließt er seine Ausführungen.

Die Mutter vergräbt das Gesicht in den Händen. „Ich kann nicht verstehen, dass sie nicht die Wahrheit gesagt haben, weil Ben Angst um seine Karriere gehabt hat. Wir hätten Miriam begraben können und all die Jahre einen Ort zum Trauern gehabt, anstatt immer die leise Hoffnung zu haben, dass sie vielleicht doch noch lebt."

Dann folgt das große Schweigen. Jeder starrt vor sich hin, trinkt seinen Tee und denkt an die schrecklichen Ereignisse.

Es ist, als nähme jeder für sich still Abschied von Miriam.

Nach einer Stunde fahren die Eltern nach Hause. Victoria steht hinter dem Wohnzimmerfenster und blickt den beiden hinterher.

Sie verspürt Genugtuung, eine innerliche Befriedigung, auch wenn ihr das, was sie getan hat, Miriam nicht zurückbringt. Ben wird den Rest seines Lebens leiden: erst im Gefängnis, dann in Freiheit. Sie hofft, dass sie jetzt, nachdem alle ihre Strafe bekommen haben, ihre Ruhe finden wird, denn ihre Kindheit und Jugend waren von permanenter Traurigkeit geprägt, obwohl ihre Eltern sich trotz ihrer eigenen Verzweiflung liebevoll um sie gekümmert haben.

Einige Wochen nach der Mainacht war die Mutter mit ihr zu einem Psychotherapeuten gegangen, da sie nicht mehr sprach und oftmals nachts schreiend aufwachte. Dann hatte sie wieder von Miriams Tod geträumt.

Erst nach zwei Jahre und unzähligen Besuchen beim Therapeuten ließ dieser Schockzustand langsam nach und Victoria war wieder in der Lage zu sprechen. Im ersten Jahr ging sie nicht zur Schule und ihre Mutter kümmerte sich tagein, tagaus um sie, im zweiten kam sie in Köln in eine neue Schule. Alles war fremd für sie, sie kannte niemanden und fühlte sich allein. Es war eine schreckliche Zeit. Sie konnte sich nicht aufs Lernen konzentrieren, musste eine Klasse wiederholen. Erst mit vierzehn Jahren hat sie sich einigermaßen gefangen und Freunde gefunden. Sie machte einen guten Schulabschluss und fand eine Ausbildungsstelle zur Industriekauffrau. Trotzdem ließ sie die Tatsache, dass die Mörder ihrer Schwester nicht zur Rechenschaft gezogen worden waren, nicht zur Ruhe kommen.

Als die Eltern aus ihrem Blickfeld verschwunden sind, setzt sie sich wieder in den Sessel. Vielleicht wird sie ihre Ausbildung abbrechen und Tiermedizin studieren. Das, was Miriam gerne gemacht hätte. Indem sie den Traum der verstorbenen Schwester fortführen würde, wären sie für immer eng miteinander verbunden.

Bisher von Stephanie Werner erschienen:

Zerbrochenes Eis

BoD, Norderstedt, 2012
ISBN 9-783848-206131
Broschiert, 10,90 €

Zum Inhalt:

In den norwegischen Wäldern nahe Geilo wird vor einer ab-
gebrannten Hütte die Leiche einer jungen Schriftstellerin entdeckt. Ein am Tatort gefundenes Foto zeigt zwei ehemalige
Schulfreundinnen und einen Schulfreund der ermittelnden
Kommissarin Lena Nylund. Eine dieser Frauen kam vor vielen
Jahren bei einem Autounfall ums Leben, während die andere
und der Mann am gleichen Tag spurlos verschwanden.
Wer ist die tote Schriftstellerin wirklich und in welcher Beziehung stand sie zu den Schulfreunden der Kommissarin? Die
Ermittlungen werden für Lena zu einer Reise in ihre Vergan-
genheit, bei der sie in Lebensgefahr gerät.

Eiskalte Seele

BoD, Norderstedt, 2014
ISBN 9-783735-762184
Broschiert, 10,90 €

Zum Inhalt:

Der erfolgreiche Geschäftsmann Kurt Storm wird in seinem Haus in Wiehl brutal ermordet. Schnell stoßen die Kommissare Julia Hauswald und Alexander Thiele bei ihren Ermittlungen auf erschütternde Lebensgeschichten, die sowohl Storms Nachbarn, als auch seiner Familie Motive liefern. Ist es einer der Nachbarn gewesen, dessen Leben durch das skrupellose Verhalten des Geschäftsmannes zerstört wurde? Oder war es jemand aus seiner Familie, die er zeitlebens tyrannisiert hat? Erst als ein zweiter Mord geschieht, erhalten die Kommissare entscheidende Hinweise.

Boot 4

BoD, Norderstedt, 2019
ISBN 9-783749-455331
Broschiert, 10,90 €

Zum Inhalt:

Jamie, eine nervenstarke Journalistin mit wachem Verstand, unternimmt mit ihrer jüngeren Schwester Kim eine Kreuzfahrt von Vancouver nach Alaska. Doch die lang ersehnte Reise entpuppt sich als Alptraum. Kim verschwindet in der ersten Nacht an Bord spurlos. Eine großangelegte Suchaktion bringt keinen Hinweis auf ihren Verbleib.
Jamie stellt Nachforschungen an und stößt dabei auf einen zwei Jahre alten mysteriösen Todesfall auf demselben Schiff.

Reisegeschichten aus nördlichen Regionen:

Gletscher, Eis und wilde Tiere
Unterwegs in Grönland, Spitzbergen und Alaska

BoD, Norderstedt, 2017
ISBN 9-783744-834957
Broschiert, 10,99 €

Zum Inhalt:

Grönland, Spitzbergen, Alaska: Diese Regionen stehen für atemberaubende Landschaften, endlose Weiten und wilde Tiere. Mit dem Schiff reiste Stephanie Werner in die teils abgelegenen Gebiete, von denen jedes einzelne einen ganz besonderen Reiz besitzt. In Grönland besuchte sie abgeschiedene Siedlungen, und bewunderte gigantische Eisberge, während sie auf Spitzbergen mit dem Schlauchboot in Gegenden anlandete, die nur selten von Menschen betreten werden, und Eisbären beobachtete. Mit der Reise nach Alaska erfüllte sich schließlich ein lang gehegter Traum von kalbenden Gletschern, Walen und Braunbären.